孩子愛讀的漫畫中國經典

民間故事

幼獅文化　編繪

園丁文化

前言

看漫畫、讀故事、品經典

妙趣橫生的閱讀之旅

泱泱大中華，悠悠五千年。在漫長的歷史長河中，我們的祖先積累了豐富的知識和智慧，形成了源遠流長的中華傳統文化。

中華傳統文化包羅萬象，就像一座瑰麗的寶庫，而一個個耳熟能詳的中國經典故事，如嫦娥奔月、梁山伯與祝英台、孔融讓梨、花木蘭代父從軍、劉備三顧茅廬……就是這座寶庫中的一顆顆璀璨的明珠。

中國經典故事滋養了一代又一代的中華兒女，孩子們應該讀一讀這些經典故事，從小接觸優秀中華傳統文化，學習豐富的文史知識，學會明辨是非、通達事理，體會中華民族勤勞勇敢、自強不息的民族精神，在潛移默化中獲得成長的力量。

為此，我們根據孩子喜歡讀故事，也喜歡看漫畫的特點，編繪了這套《孩子愛讀的漫畫中國經典》叢書。我們首先精選出一批妙趣橫生又適合孩子閱讀的中國經典故事，如優美動人的神話故事、曲折離奇的民間故事、精彩有趣的古詩詞故事、啟人心智的《三字經》和《弟子規》故事等，再將它們改編成中國傳統連環圖的形式，配上簡潔流暢、親切有趣的文字和造型生動、表情可愛的漫畫人物，使其既富有中國韻味，又貼合孩子的閱讀特點，讓遙遠的經典故事變得可親、可讀、可感、可賞，帶領孩子展開一次奇妙的閱讀之旅。

與經典同行，和漫畫共舞，讓傳統文化的魅力歷久彌新。希望本叢書能帶給孩子們全新的閱讀體驗，願他們在妙趣橫生的閱讀中與傳統文化碰撞出智慧的火花。

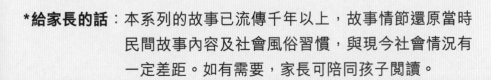

***給家長的話**：本系列的故事已流傳千年以上，故事情節還原當時民間故事內容及社會風俗習慣，與現今社會情況有一定差距。如有需要，家長可陪同孩子閱讀。

目錄

民間故事

牛郎織女

牛郎從小孤苦無依，身邊只有一頭老牛陪伴。一天，老牛竟開口說話了，牠告訴了牛郎一個秘密……

1 從前有一個年青人，由於父母去世了，只能和哥哥、嫂嫂一起生活。哥哥和嫂嫂對他很不好，總是讓他吃剩飯、穿破衣。

2 後來，嫂嫂把他趕出了家門，只分給他一頭老牛和幾畝田地。從此，他和老牛相依為命，大家都叫他「牛郎」。

3 牛郎把老牛照顧得很周到，老牛也跟他很親密。有時，牛郎會靠在老牛身上，把自己的心裏話說給老牛聽。

4 一天晚上，老牛突然說話了：「明天七仙女會去荷花池，當中最小的叫織女。你只要把她的衣服藏起來，她就會嫁給你。」

5 第二天，牛郎翻過一座山，來到了荷花池。忽然，一陣輕快的笑聲傳來，只見七位美麗的仙女從天而降。

6 仙女們在荷花池邊嬉戲。過了一會兒，她們脫下華麗的外衣，走入池水中沐浴。牛郎偷偷拿走了織女的衣服。

7 仙女們洗完澡穿好衣服後，一個個飛走了。可是，織女卻怎麼也找不到自己的衣服，她沒辦法上岸，急得哭了起來。

8 這時，躲在蘆葦叢中的牛郎拿着織女的衣服走了出來，他希望織女能答應做他的妻子。

9 織女常聽姐姐們提起牛郎，知道他是一個勤勞善良的人，又見他長得很英俊，便害羞地點頭答應了。

10 織女跟牛郎回了家。從此，牛郎外出種田，織女在家織布。雖然日子過得清苦，但兩個人都感覺很幸福。

11 轉眼間，三年過去了，他們有了一兒一女。兩個孩子非常可愛，牛郎和織女悉心地照顧他們，一家四口和和美美。

12 天上一日，人間一年。織女嫁給凡人的事很快被玉帝知道了。他大動肝火，派天神去抓織女回來。

13 天神趁牛郎去種田時去抓織女。織女抱着兩個孩子，哀求道：「我不能離開牛郎和孩子們，請你放過我吧！」

14 天神一言不發，惡狠狠地把孩子們拉開，押着織女飛上了天。兩個孩子看着媽媽遠去，只能哇哇大哭。

15 牛郎從田裏回來，看見兩個孩子坐在地上哭，忙問他們怎麼回事。孩子們哭哭啼啼地將事情的經過告訴了牛郎。

16 牛郎抱着孩子，沮喪地坐在樹下。看着兩個孩子淚流滿面，哭着要媽媽，他卻想不出一點兒辦法來。

17 這天，老牛對牛郎説：「牛郎啊，我其實是天上的金牛星。我去世後，你把我的皮披在身上，就可以飛上天去找織女了。」

18 説完，老牛就死了。牛郎非常傷心，他含淚剝下牛皮後，鄭重地把老牛埋了。

19 牛郎找來一根扁擔和兩個籮筐，讓兩個孩子分別坐在裏面。然後他披上了老牛的皮。果然，他立刻就飛了起來。

20 他很快就飛到了天庭，眼看就要飛到織女身邊了，沒想到王母娘娘拔下頭上的銀簪，用力一劃，劃出了一條長長的銀河。

21 銀河又寬又深，波濤滾滾。牛郎和織女都沒有辦法渡河，只能隔着銀河遙遙相望，悲傷地呼喚着對方。

22 看到這一幕，玉帝和王母娘娘被打動了，他們終於做出讓步。允許牛郎和織女在每年農曆七月初七這天團聚。於是，每到這一天，會有成千上萬的喜鵲飛到天上來，在銀河中間架起一座鵲橋，讓牛郎、織女和兩個孩子在鵲橋上相會。

孟姜女哭長城

孟姜女的丈夫范喜良被抓去修長城，一連三年都杳無音信（杳，粵音秒），孟姜女能把他找回來嗎？

1 從前，一户姓孟的人家種了一棵葫蘆。這葫蘆長啊長，藤蔓越過了高高的圍牆，爬到了姓姜的鄰居家，還結了一隻大葫蘆。

2 孟家和姜家決定分享這隻大葫蘆，誰知葫蘆突然裂開了，裏面竟躺着一個女娃娃。兩家人便給她起名為「孟姜女」。

3 一轉眼，十八年過去了。在孟家和姜家的共同撫養下，孟姜女長成了一個美麗善良的大姑娘。

4 一天，一個叫范喜良的書生因不願被官兵抓去修長城，逃進了孟家院子裏躲避。孟姜女見他可憐，便收留了他。

5 孟姜女與范喜良朝夕相處，漸生情愫。孟家和姜家見范喜良憨厚淳樸、知書達理，便決定將孟姜女許配給他

6 成親那天，孟姜兩家張燈結綵，賓客滿堂，一派喜氣洋洋。范喜良和孟姜女歡歡喜喜地拜了天地。

7 可是，在成親後的第三天，一幫兇狠的官兵突然衝進家門，二話不説就給范喜良戴上鐐銬，把他抓去修長城。

8 范喜良這一走就杳無音信。孟姜女非常牽掛和擔憂丈夫，便收拾好行裝，獨自去邊關找他。

9 一路上，孟姜女不知走了多少里路，翻了多少座山。餓了就吃一點隨身帶着的食物，渴了就喝幾口河水。

10 歷盡千難萬險，孟姜女終於來到了修長城的地方。每看到一個人，她都向對方打聽范喜良的消息，可他們都説不知道。

11 後來，她好不容易見到了一位同鄉，便急忙問道：「你見到范喜良了嗎？」同鄉難過地説：「他已經死了。」

12 孟姜女一聽，心如刀絞，她忍着悲痛追問范喜良的屍首被埋在哪裏。同鄉說：「官府的人將屍首全埋在了長城底下。」

13 孟姜女想到自己歷盡千辛萬苦，最終卻連丈夫的屍骨都找不到，不由得跌坐在地上，放聲痛哭起來。

14 她哭了整整三天三夜，流下的眼淚竟然匯成了一條大河。只聽「轟隆」一聲巨響，長城竟然被這條大河沖垮了八百里。

15 孟姜女順着倒下的長城找啊找，終於找到了丈夫的屍首。她悲痛欲絕地將丈夫的屍首帶回了家鄉安葬。

白蛇修煉成人後，與恩人許仙結為夫妻。然而，有人卻一再地破壞他們的幸福生活。

1 從前，有一條白蛇得到了神仙的點化，有了仙緣，便開始了漫漫修煉之路。

2 一千年之後，白蛇終於修煉成一位美麗的女子。她給自己取名為白素貞。

3 白素貞還結識了姐妹小青——一條修煉了五百年的青蛇。清明節這天，細雨紛紛，白素貞和小青遊玩歸來，一同乘船回家。

4 快下船時，天突然下起雨來。一同乘船的許仙見白素貞和小青沒有帶傘，就把自己的傘借給她們。

5 為了表示感謝，白素貞熱情地邀請許仙到自己的家中做客。許仙見白素貞温柔端莊，便接受了邀請。

6 兩人你來我往，感情越來越深。不久兩人就成親了。婚後，白素貞和許仙開了一間醫館，過着忙碌又幸福的生活

7 沒過多久，白素貞便有了身孕。許仙每天都沉浸在即將做父親的喜悅中，也更疼愛妻子了。

8 金山寺的和尚法海知道白素貞是白蛇所變，一直想收服她。一次，他找到許仙說：「你的妻子是白蛇精。」

9 許仙聽了很生氣，將法海趕出門外。法海卻不甘心，還建議許仙讓白素貞喝下雄黃酒，看她是否會現出原形。

10 許仙半信半疑。端午節那天，他準備了雄黃酒，勸白素貞喝下。白素貞為了不讓許仙懷疑，仗着法力高強，勉強喝了一口。

11 沒想到因為她有了身孕，法力減弱了很多，一下子就現出了原形。許仙見了，驚叫一聲，當場昏死了過去。

12 白素貞去峨眉山盜仙草，守仙草的仙童了解到她事出有因，並沒有懲罰她，還幫助她一起救活了許仙。

13 法海見自己的計謀沒有得逞，又把許仙騙到金山寺囚禁起來。白素貞得知後，與小青趕到金山寺，請求法海放了許仙。

14 法海拒不放人，白素貞忍無可忍，拔下頭上金釵，迎風一晃，霎時洪水滔天。原來白素貞把西湖水全引來了。

15 法海見狀，把身上的袈裟向空中一扔。只見那件袈裟化作一道堤壩，將洪水擋在了外邊。洪水漲一尺，堤壩就高一丈。

16 可是，白素貞因為有孕在身，漸漸覺得力不從心，只得收回金釵，與小青回家去了。

17 許仙被關在金山寺裏大半個月，每天都思念家裏的妻子。他找了個機會好不容易逃出來。

18 不久，白素貞生下了一個兒子。法海卻在這時又找上門來。他唸咒，將虛弱的白素貞收進了一個金缽（粵音撥）裏。

19 小青見白素貞被抓，不顧一切地衝上前去與法海鬥法，但她功力不如法海，很快便敗下陣來，只得逃走了。

20 法海將白素貞壓在了雷峯塔底下。許仙只好在雷峯塔旁搭了一間茅屋，用心撫養兒子，盼望有一天妻子可以被放出來。

21 小青逃走後，在一座深山裏苦苦修煉，法力大增。十年後，她又來找法海一決高下。

22 法海不敵小青，只能逃走。他看見一隻螃蟹的肚臍下有條縫隙，便鑽了進去。螃蟹把肚子一縮，法海再也出不來了。

23 小青施展法術，推倒了雷峯塔，救出了白素貞。歷盡艱險後，許仙一家終於團聚了。

柳毅傳書

書生柳毅應試不中，在返鄉途中遇到一個牧羊女，因此結下一段良緣。

1 唐朝時，書生柳毅進京趕考，結果名落孫山，只得回鄉。路過涇（粵音經）水時，看到一個牧羊女坐在雪地裏哭泣。

2 他覺得奇怪，忙下馬詢問牧羊女為何如此傷心。牧羊女見柳毅並無惡意，便向他哭訴了自己的身世和遭遇。

3 原來她是洞庭湖龍王的三公主，幾年前嫁給了涇水龍王的十太子。可是，十太子不僅打罵她，還要她每天出來放羊。

4 三公主請求柳毅幫她送一封信給家人，柳毅答應了。三公主將一根金釵和一封信交給他，並告訴他傳遞書信的方法。

5 柳毅接過東西，日夜兼程地趕到洞庭湖邊。他按三公主所說，找到洞庭湖邊的一棵金桔樹，拿出金釵在樹上連敲了三下。

6 霎時間，湖面掀起了滔天巨浪，一位身披鎧甲的武士破浪而出。柳毅走上前去向武士說明了來意。

7 武士見柳毅是來給龍王送信的，便分開水路，帶着他前往龍宮。一路上，柳毅耳邊水聲轟鳴，身上卻沒有沾到一滴水。

8 來到龍宮後，柳毅顧不上欣賞四周的美景，立刻拜見洞庭湖龍王，把三公主的信交給了他。

9 龍王看過信後，不禁傷心流淚。他的弟弟錢塘君得知姪女受了委屈，氣得火冒三丈，立即點兵點將，趕往涇水。

10 錢塘君到了涇水後，看到姪女冒着寒風在外面放羊，怒不可遏。他怒吼一聲，衝進涇水，去找十太子算帳。

11 十太子態度囂張，拒不認錯，錢塘君忍無可忍，與他搏鬥起來。沒幾個回合，錢塘君便把十太子殺死了。

12 錢塘君把三公主接回了洞庭湖龍宮。三公主與父終於相見，兩人抱在一起，泣不成聲。

13 筵席上，錢塘君察覺姪女對柳毅有愛慕之意，想為兩人做媒，柳毅不想乘人之危，便婉拒了。

14 第二天，柳毅向眾人辭行。洞庭湖龍王送給他許多奇珍異寶，還吩咐使者護送他回去。三公主依依不捨地與他道別。

15 柳毅回家後，沒有再去應考。有了那些珍寶，他家裏變得富裕起來。很多媒人紛紛前來向他提親，但柳毅全部拒絕了。

16 其實，柳毅也愛上了三公主，但他覺得君子施恩不圖回報。每當想念三公主時，他總望着洞庭湖出神。

17 幾年後，母親幫柳毅說了一門親事。孝順的柳毅不願違背母親的意願，便與那女子拜堂成親了。

18 進了洞房後，柳毅發現新娘很像三公主。沒等他開口問，新娘就笑道：「公子忘記我了嗎？你還幫我送過信呢！」

19 原來新娘果真是三公主，柳毅又驚又喜，握着她的手久久說不出話來。從此，柳毅和三公主過上了幸福美滿的生活。

梁山伯與祝英台

祝英台與梁山伯真心相愛卻不能在一起，最後他們化成了一對彩蝶，雙雙飛去。

1 從前，浙江上虞的祝員外有個女兒叫祝英台，從小聰明好學。英台長到十五六歲時，吵着要進學堂唸書。

2 在那個年代，學堂是不收女孩的。祝員外夫婦禁不住女兒的苦苦哀求，只得讓她女扮男裝到杭州的學堂求學。

3 半路上，祝英台遇見了同樣前往學堂的書生梁山伯。二人一見如故，於是結伴而行，一同前往杭州。

4 來到學堂後，他們同窗共讀。祝英台漸漸愛上了梁山伯，可是梁山伯卻不知祝英台是個女子，更不清楚她的心意。

5 一晃三年，祝英台學業期滿。兩位同窗好友即將分離，心中十分不捨。分別前，梁山伯送了祝英台一程又一程。

6 祝英台想表露心意，卻羞於開口。路過河邊時，她指着河裏的兩隻白鵝說：「你聽牠們的叫聲，能明白牠們在說什麼嗎？」

7 梁山伯搖頭。祝英台說：「兩隻鵝一雄一雌，雌的怕走散，總『哥哥、哥哥』地叫。」梁山伯聽了哈哈大笑。

8 祝英台見梁山伯沒聽出暗示之意，十分沮喪，又把自己的玉蝴蝶扇墜解下來送給他。梁山伯收下了，並沒有多想。

9 祝英台無奈，只好謊稱家中有個與自己長得很像的妹妹，想把她許配給梁山伯。梁山伯答應了，並說過幾天就去求親。

10 祝英台回到家後，當地一個叫馬文才的富家公子看上了她，上門來提親。祝英台的父親見到彩禮豐厚，爽快地答應了。

11 祝英台知道很不滿：「我有心上人了，不想嫁給馬文才！」父親聽了，大發雷霆，執意要把她嫁給馬文才。

12 祝英台見無法說服父母，終日以淚洗面，只盼梁山伯早日前來提親。

13 過了一段日子，梁山伯終於來到了祝家，祝英台急忙出來迎接。梁山伯看到祝英台的女子裝扮，這才明白過來。

14 梁山伯又驚又喜，抓着祝英台的手說：「都怪我愚笨，請你嫁給我吧！」祝英台哭着說：「太晚了，我已經定親了。」

15 梁山伯不死心，立刻去求祝英台的父親把祝英台嫁給他，可祝父不但不答應，還讓僕人把梁山伯趕出門去。

16 梁山伯悔恨交加，回家後生了一場大病，沒過多久就去世了。臨死前，他囑咐家人將自己葬在祝英台出嫁的必經之路上。

17 祝英台聽到梁山伯的死訊，心都碎了。過了幾天，馬家的人抬着花轎，敲鑼打鼓地來娶親。祝英台被父母硬推着上了花轎。

18 祝英台坐在花轎裏，一路上心裏都在想着死去的梁山伯。她不停地流淚，哭花了妝容，淚濕了衣裳。

19 接親的隊伍走着走着，忽然烏雲驟起，狂風呼嘯，祝英台的花轎竟被颳到了梁山伯的墳墓前。

20 祝英台走出花轎，看到梁山伯的墳墓，忍不住撲上前去，失聲痛哭道：「山伯哥哥，你怎麼忍心拋下我呢？」

21 這時，大地突然搖晃起來，轟的一聲，梁山伯的墳墓裂開了一個口子。祝英台見了，毅然縱身一躍，跳進了墳墓裏。

22 剎那間，墳墓合上了，一切都恢復了平靜。不一會兒，從墳墓裏飛出兩隻美麗的蝴蝶，在陽光下翩然起舞。

23 接親的人看得目瞪口呆，大家都說那兩隻蝴蝶是梁山伯和祝英台的化身，感慨他們終於可以在一起了。

望娘灘

四川有條岷江（粵音民），岷江上有二十四個淺淺的河灘，名為望娘灘。關於這個名字有個動人的故事……

1 很久以前，四川灌縣有位名叫聶郎的少年，他與母親相依為命。為了填飽肚子，他向地主家租了幾畝田種糧食。

2 地主總是想盡法子剝削租户，聶郎只得抽空到村外的河裏釣些魚蝦，拿到集市上換幾文錢，補貼家用。

3 可是有一年，灌縣鬧旱災，糧食顆粒無收。眼見家裏快要沒有米了，聶郎只得每天天未亮就出門釣魚。

4 這天，他沿着河邊走了好久，才找到一段有水的河流下鈎。可是，一直到了中午，他也沒有釣到一條魚，心裏十分沮喪。

5 聶郎準備收竿回家，卻見釣竿顫動了一下。他趕緊將釣竿拉上來。哇，一條金色的大鯉魚！

6 聶郎高興極了。誰知，鯉魚竟然開口說話了：「求你發發善心，放了我吧！我會報答你的。」

7 聶郎見鯉魚眼巴巴地望着自己，一下子心軟了，於是把鯉魚放了。鯉魚搖搖尾巴，吐出一顆明珠送給聶郎。

8 聶郎拿着那顆明珠興高采烈地回到家裏。他把明珠藏在米缸裏，準備第二天再拿去賣掉。

9 第二天一早，母親準備煮早飯，她一揭開米缸蓋子，就驚叫了起來。聶郎跑過去一看，發現原本空空的米缸竟然裝滿了米。

10 原來，這顆明珠是個寶貝。聶郎將明珠放進空空的錢袋，錢袋很快就被銅錢裝滿了。母子二人又驚又喜。

11 聶郎和母親都是勤勞又善良的人，他們仍舊早出晚歸地幹農活。看到誰家餓肚子了，他們就主動贈送米糧。

12 租田給聶郎的地主聽説聶郎得到了寶貝，想據為己有。他對管家說：「你去聶郎家，把明珠給我帶回來！」

13 管家帶着一夥人來到聶家。見聶郎不肯交出明珠，管家竟命人闖進屋搜查，但他們把聶家翻了個遍，也沒找到明珠。

14 原來，聶郎早就把明珠藏在身上。管家急了，撲上去搜聶郎的身。聶郎怕明珠落入壞人手中，便將明珠塞進了嘴裏。

15 管家命人把聶郎的頭使勁按進旁邊的水缸裏，逼迫他吐出明珠。聶郎見他們如此惡毒，索性將明珠吞進了肚子裏。

16 頓時，烏雲驟起，雷聲大作。被按在水缸裏的聶郎頭上竟長出了角，身上也漸漸長出了金色的鱗片。他變成了一條龍！

17 管家和僕人嚇得急忙後退，那條龍便從水缸裏一躍而起，騰飛到了半空。龍經過的地方，出現了一條水波翻滾的大江。

18 母親哭着追上去：「聶郎啊，我的兒！快回來！」龍聽到喊聲，回頭望了一眼，江面上就隆起了一個河灘。

19 母親喊了二十四聲「聶郎」，龍回了二十四次頭，江面就隆起了二十四個灘。後來，人們把這些河灘稱為「望娘灘」。

董永和七仙女

董永是有名的孝子，天上的七仙女被他感動了，下凡與他結成良緣。

1 西溪河邊住着一對父子，兒子名叫董永，他十分孝順。沒想到，董永的父親突然生了重病，沒幾天就去世了。

2 董永沒錢安葬父親，只好去傅員外家借錢。誰知傅員外落井下石，要董永到他家做三年長工才肯借錢。

3 董永毫不猶豫地答應了，連忙拿着錢回去安排父親的後事。他不知道，此時天上的七個仙女正巧看到了這一幕。

4 七個仙女是姐妹，最小的妹妹七仙女見董永孝順又善良，便動了凡心，決定下凡去幫助他。

5 姐姐們原本不同意七仙女這樣做，但見她心意已定，只好答應幫她隱瞞，並送她一包「難香」，讓她在危急時焚香求助。

6 於是，七仙女帶着「難香」下到凡間。她站在槐蔭寺前的一棵老槐樹下等候董永。

7 當董永經過時，七仙女忙上前表達心意，但董永不想拖累這個姑娘，就以沒有證婚人和媒人為由，婉言拒絕了。

8 土地公公想撮合他們，變成一個老漢說：「我願意替你們證婚。」老槐樹也開口說話了：「我做你們的媒人。」

9 於是，董永和七仙女在土地公公的見證下，在老槐樹下拜了天地，結為夫妻。

10 婚後，董永夫婦一起來到傅員外家做工。但是，傅員外不肯收留七仙女。

11 傅員外對七仙女說：「你如果能一夜織出十匹雲錦，我不僅收留你，還把董永的工期縮短為百日，否則工期延長三年。」

12 董永感到十分為難，七仙女卻一口答應了。當天晚上，她燃起「難香」，請六位姐姐來幫忙，順利地完成了任務。

13 第二天早上，傅員外見到十匹精美的雲錦，又吃驚又懊悔，但因有約在先，他只得同意董永夫婦一起來做工。

14 很快，百日之期滿了，董永夫妻歡喜地回家去。路上，七仙女告訴董永，自己已經懷有身孕，董永聽了更是高興。

15 回到家後，他們過起了男耕女織的幸福生活。誰知玉皇大帝知道了七仙女私自下凡的事情，勃然大怒，立即派人追查。

16 這天，天兵天將下到人間，向七仙女宣讀了玉皇大帝的聖旨，限她三日內日必須返回天庭，否則就殺了董永。

17 無奈之下，七仙女只好將自己的來歷告訴了董永，並約定來年桃花盛開時，在老槐樹底下把孩子交給他。

18 七仙女回到天庭後，被打入了天牢。沒過多久，她在天牢裏生下了一個兒子。

19 後來，七仙女想辦法在約定的時間把兒子送到了人間，讓董永撫養。從此，董永父子倆在人間相依為命。

沉香劈山救母

傳說華山蓮花峯頂上插着一把斧頭，那是當年沉香救母時留下的……

1 華山蓮花峯上有一座廟，廟裏供奉着二郎神的妹妹三聖母娘娘。有一年，書生劉彥昌聽說聖廟很靈驗，便前去進香。

2 劉彥昌見到三聖母的雕像，被吸引住了，便在牆上題了一首詩來表達自己的一片真情。隱身一旁的三聖母被深深打動了。

3 劉彥昌離開後，三聖母偷偷跟着他下山。在半山腰，劉彥昌遇到了一頭猛虎，三聖母借助寶蓮燈的力量，將他救了下來。

4 劉彥昌一看救自己的竟是三聖母，又驚又喜，急忙上前表明心意，請求三聖母嫁給自己為妻。三聖母害羞地答應了。

5 婚後，三聖母生下了一個可愛的小男孩，取名為「沉香」。一家三口過着幸福快樂的日子。

6 沒多久，二郎神聽説妹妹嫁給了凡人，帶着哮天犬前來問罪。兩人一言不合就打了起來，哮天犬趁三聖母不備叼走了沉香。

7 三聖母愛子心切，只得用寶蓮燈換回孩子，交給丈夫劉彥昌，自己跟着二郎神返回了天庭接受懲罰。

8 三聖母私自嫁給凡人的行為觸犯了天規，玉帝大怒，將她壓在華山下，罰她永遠不得與劉彥昌父子見面。

9 轉眼十年過去了，沉香從父親口中得知母親的下落，十分難過，決心去華山救出母親。劉彥昌見他態度堅決，只好同意了。

10 沉香翻山越嶺，終於來到了華山腳下。可是他跑遍了華山，也沒有找到母親，不由着得急地對着大山一遍遍哭喊。

11 霹靂大仙化身為道士，對孝順的沉香說：「我來教你武藝，助你救出母親。」沉香大喜，跪在地上磕頭拜師。

12 霹靂大仙將沉香帶回自己的住所，傳授他武藝。為了早日救出母親，他每日刻苦練功，沒幾年便練就了一身好武藝。

13 一天，霹靂大仙出遠門了。沉香按照霹靂大仙的吩咐，在家中打鐵。忙了一天，他終於打好了一把巨大的斧頭。

14 幹完活後，沉香感到飢腸轆轆，就去廚房找吃的。揭開蒸籠，他發現裏面有很多饅頭，有的像牛，有的像老虎。

15 沉香雖然覺得奇怪，但也沒有多想，抓起饅頭就往嘴裏送。不一會兒，他就把那一籠饅頭全部吃進了肚子裏。

16 吃了饅頭後，沉香發現自己變得力大無窮，無論拿什麼都覺得沒什麼分量，甚至能輕鬆地舉起山上的大石頭。

17 第二天，沉香將打好的斧頭交給霹靂大仙，大仙說：「孩子，這是你的兵器，你用它去劈開華山，救出母親吧！」

18 沉香這才明白昨天發生的事情都是師父提前安排的。他非常感激，辭別師父後，扛着那把巨大的斧頭就往華山出發了。

19 沉香來到華山腳下，二郎神匆匆趕來阻攔，兩人大打出手。沉香用斧頭一下子砍斷了二郎神的三尖兩刃刀。

20 二郎神又氣又惱，拿出寶蓮燈，唸起咒語。可那神燈認得沉香是小主人，它不但不聽二郎神的話，反而燒傷了他的手。

21 二郎神扔下寶蓮燈灰溜溜地跑了。這時，寶蓮燈自己飛了起來，把沉香引到了華山西邊的大石頭下。

22 沉香知道這應該就是母親所在的地方。於是，他舉起斧頭使勁一劈，只聽轟隆一聲巨響，整座華山被劈成了兩半。

23 被困了十六年的三聖母終於得救了。她從華山底下走出來，將沉香緊緊地抱在懷裏，母子倆都流下了激動的淚水。

馬蘭花是能給人帶來幸福的花，到底誰才能擁有它呢？

1 從前有一座馬蘭山，山上住着仙人馬郎。他在山上種了一株馬蘭花。這種花兒不僅漂亮，而且能給勤勞的人帶來幸福。

2 馬蘭山下住着王老漢和他的一對雙胞胎女兒。姐妹倆長得一模一樣，一個叫大蘭，一個叫小蘭。

3 一天，王老漢上山打柴，發現了開在懸崖邊的馬蘭花。他想到兩個女兒都喜歡花，就爬上懸崖去摘。

4 王老漢好不容易爬上懸崖，剛要伸手去摘花，卻腳底一滑，眼看就要墜下懸崖。幸虧馬郎及時出現將他救了上來。

5 獲救的王老漢追問馬郎的姓名。馬郎只説自己住在山上。這時，山下傳來動人的歌聲，馬郎聽得入了迷。

6 得知唱歌的是王老漢的兩個女兒，馬郎摘下花説：「請把花送給願意嫁給我的姑娘，讓她今晚在村旁的小河邊等我。」

7 王老漢回家後，跟兩個女兒說起山上的事。大蘭以為馬郎窮，不肯嫁給他。小蘭卻覺得馬郎心地善良，高興地答應了。

8 當天晚上，小蘭告別家人來到小河邊。馬郎早就在河邊等候了，他見小蘭如約而至，十分歡喜，帶她回了馬蘭山。

9 一眨眼，一年過去了，小蘭想回家探親。馬郎把馬蘭花送給小蘭，告訴她只要對着花唸口訣，便能心想事成。

10 回到家門口，小蘭唸起了口訣：「馬蘭花，馬蘭花，勤勞的人兒在說話，請你現在就開花，送我禮物回娘家。」

11 話音剛落，小蘭手裏就出現了一大籃禮物。她高興地提着籃子進了家門，沒想到這一切被大蘭的獨眼老貓看到了。

12 聽説小蘭和丈夫生活得很幸福，又看到她拿着一大堆禮物回來，王老漢滿心歡喜，大蘭卻又嫉妒又後悔。

13 吃過飯後，大蘭在房間裏生悶氣。這時，獨眼老貓溜了進來，牠將馬蘭花的秘密告訴了大蘭，還與她商量如何把花弄到手。

14 第二天，小蘭拜別父親，準備回家，大蘭假裝為她送行。半路上，大蘭搶走了小蘭的馬蘭花，還狠毒地把妹妹推下了河。

15 大蘭偽裝成小蘭，抱着老貓回到了馬蘭山，與馬郎一起生活。由於姐妹倆長得一模一樣，馬郎一開始並沒有發現。

16 不過，漸漸地，馬郎發現小蘭像變了個人似的，不僅好吃懶做，而且動不動就亂發脾氣，便對妻子的身分產生了懷疑。

17 有一天，馬郎趁大蘭睡熟，把馬蘭花拿過來，唸完口訣後說：「快讓小蘭回家來。」話音剛落，小蘭就出現了。

18 小蘭哭着把事情的真相告訴了馬郎。這時，大蘭和老貓也醒了，他們見事情敗露，慌忙逃了下山。

19 美麗的馬蘭山上又飄蕩起了幸福的歌聲，馬郎和小蘭的生活也恢復了起初的平靜和美好。

三個和尚

一個和尚挑水喝，兩個和尚抬水喝，
三個和尚要怎樣才能喝到水呢？

1 從前有座山，山裏有座廟，廟裏住着一個小和尚。小和尚每天挑水、唸經，日子過得輕鬆舒適。

2 不久，廟裏來了個高和尚。他一來，水缸中的水很快就被用掉一半。小和尚把水桶交給高和尚，讓他去挑水。

3 「為什麼兩個人用的水，要我一個人挑？」高和尚不樂意了，小和尚也不願意吃虧，兩人爭得面紅耳赤。

4 他們吵了一整天，最後終於肯各退一步，決定一起抬水喝。但抬水時，水桶一定要放在扁擔中間。

5 後來，又來了個胖和尚。胖和尚在廟裏沒住幾天，缸裏的水就見了底。

6 小和尚和高和尚很生氣，要胖和尚去挑水。胖和尚當然不願意，滿不在乎地說：「我不渴，要喝水你們自己挑！」

7 三個和尚都不願意吃虧，吵個不停，但誰也說服不了誰。最後，他們把扁擔和水桶一扔，誰也不理誰了。

8 就這樣，寺廟的水缸裏再也沒有水了。他們渴得實在受不了時，就自己跑到山下的小溪邊去喝水。

9 一天夜裏，廟裏突然起了大火，火越燒越旺，眼看就要將寺廟吞噬了。三個和尚都急了，爭先恐後地跑到山下取水滅火。

10 他們齊心協力，終於把這場大火撲滅了。三個人你看看我，我看看你，似乎明白了什麼。

11 從此，三個和尚團結互助，每天輪流挑水，一起幹活，日子過得更加和睦了。

劉海戲金蟾

劉海與妻子梅姑相親相愛，但有一位跛足道人說他的妻子是狐妖所變，這是真的嗎？

1 從前，西安户縣有一位叫劉海的青年。一天，他上山砍柴回來，在村口小石橋邊的三角潭發現了一隻只有三隻腳的金蟾。

2 這隻金蟾一點兒也不怕劉海。劉海覺得稀奇，折了一根柳枝跟牠玩。後來，劉海每次路過此處，都要停下來看看牠。

3 日復一日，劉海很快到了成家的年紀。可是，他家境貧寒，沒有姑娘願意嫁給他，他那失明的母親為這事愁白了頭。

4 有一次，劉海在砍柴回家的路上遇到了一位女子。她自稱梅姑，很喜歡勤勞的劉海，想嫁給他為妻。

5 劉海紅着臉把梅姑帶回了家。母親很高興，選了個吉日，讓他們成了親。

6 這天，劉海砍柴回來，路過三角潭時遇到了一位跛足道人。跛足道人提醒劉海注意防範妻子梅姑，説她是狐妖變成的。

7 劉海很生氣，轉頭就要走。跛足道人見劉海不相信自己，便讓他回家後裝作肚子痛，這樣梅姑就會給他金丹吃。

8 劉海將信將疑地回到家，裝作腹痛難忍，在地上打起滾來。梅姑很擔心，急忙從嘴裏吐出一顆金丹讓劉海吞下。

9 劉海一見金丹，便一骨碌爬了起來。梅姑見狀，生氣地問他是怎麼回事。劉海只好將遇到跛足道人的事告訴了梅姑。

10 梅姑歎了口氣：「我的確是狐仙。那道人是三角潭的金蟾所變。牠也有一顆內丹，但效力不足，因此想來奪我的珠子。」

11 劉海聽了梅姑的話，又懊惱又氣憤，提起斧頭要去找金蟾算帳，梅姑一把拉住他，告訴他一個對付金蟾的好主意。

12 劉海帶着梅姑的金丹來到三角潭，故意亮出來給金蟾看。金蟾一見金丹，便跳到劉海跟前，目不轉睛地盯着金丹。

13 劉海拿着那金丹忽左忽右、忽上忽下地逗金蟾。金蟾急得蹦來跳去，不停地打轉，不一會兒便累得頭暈目眩。

14 金蟾癱倒在地，腹中翻江倒海，竟吐出了自己體內的那顆內丹。劉海眼疾手快，將那顆內丹拾起吞入肚中。

15 為了拿回內丹，金蟾只得聽從劉海的吩咐。這隻金蟾有口吐金錢的本領，劉海便常常讓牠吐錢救濟窮苦百姓。

李寄斬蛇

庸嶺的大蛇已吃掉九個女孩了！少女李寄卻主動請求做貢品，她為什麼要這麼做呢？

1 東越國有一座名叫庸嶺的大山，在大山西北面的洞穴中住着一條大蛇。牠不僅吞食山中野獸，還常常襲擊路人。

2 當地的縣令決心除掉這一禍害，特意派人前去圍剿，但很多人被大蛇噴出的毒霧所殺。

3 大蛇被惹怒了，牠托夢給縣令，命他每年八月初一獻上一名十二三歲的少女，否則牠就將全縣的人一個一個全都吃掉。

4 縣令心中害怕，只得按大蛇所說，找來一名死囚的女兒給牠送去。女孩不一會就被大蛇捲入洞中。

5 一連九年，縣令都花錢買來罪犯或奴僕生的女孩獻給大蛇。到了第十年，他再也找不到合適的女孩了。

6 眼看八月初一將至，縣令焦慮萬分，只得命人貼出告示，以高於以往十倍的價錢來招募十二三歲的少女。

7 一個名叫李誕的武士有六個女兒，其中最小的那個名叫李寄。她看到告示後，想前往應募，但父親怎麼也不同意。

8 李寄便偷偷去找縣令報名，還請縣令為自己準備三樣東西：一把利劍、一條獵犬、一頭肚中灌滿酒的烤乳豬。

9 到了八月初一那天，李寄提着寶劍，牽着獵犬，威風凜凜地出發了。衙役們則抬着一頭香噴噴的烤乳豬跟在她的後面。

10 李寄讓衙役們將烤乳豬放在蛇洞口，然後請他們離開。她自己則帶着獵犬偷偷地躲在一塊大石頭後面。

11 洞中的大蛇聞到烤乳豬的香味，慢慢爬了出來。牠張開血盆大口，將那頭烤乳豬一口吞下了肚子。

12 不一會兒，大蛇就搖搖晃晃地醉倒在地。李寄放出獵犬，讓牠試探一下大蛇是否真的醉了。

13 看到獵犬朝大蛇狂吠，大蛇仍一動不動，李寄便抽出寶劍，衝上前去，朝牠那巨大的身軀一頓猛砍，將大蛇砍死了。

14 李寄走入蛇洞，看到了被大蛇吃掉的九個女孩的骸骨，非常可惜地說：「你們若能勇敢點，或許就不會被吃掉了。」

15 李寄成功斬蛇，得到了縣令的重金獎賞。縣裏的百姓都稱讚她是有膽有謀的女英雄。大家又過上了安寧的日子。

周處除三害

惡霸周處蠻不講理、兇悍霸道，當地的百姓都非常痛恨他，稱他為「三害」之首。

1 晉朝時，義興縣有個叫周處的人。由於父親早亡，他從小就沒人管束，性格強悍霸道，動不動就出手打人。

2 當地的百姓都不敢惹他，背地裏把他和山上的猛虎、水裏的惡龍並稱為「三害」，還把周處看作是最令人頭痛的一害。

3 有一次，周處上街閒逛，街上的小販一見到他，就着急慌忙地收攤；行人遠遠地看到他，轉頭就跑。

4 周處疑惑地詢問一位老者：「為何大家都躲着我？」老者說：「你和猛虎、惡龍並稱『三害』，大家都怕你！」

5 周處聽了，又懊惱又羞愧。他對老者說：「我可以為大家除掉這些禍害。」可老者並不相信，邊搖頭邊歎氣地走了。

6 周處一心想要改過自新，決定先除掉山中猛虎，再去挑戰惡龍。於是，他來到山上，一箭射死了老虎。

7 周處扛着猛虎的屍體下了山，將牠放置在家門前，並告訴圍觀的眾人，山中猛虎已被他除掉，以後可以放心上山。

8 第二天，周處又帶上利劍直奔義興河斬殺惡龍。他剛跳進河中，惡龍便朝他猛撲過來，周處縱身一躍，跳到了龍背上。

9 惡龍劇烈地扭動身軀，一會兒沉入水底，一會兒浮上水面。周處與惡龍鬥了三天三夜，終於將牠刺死了。

10 周處背着惡龍的頭，興高采烈地往家裏走。還沒進城門，他便聽到一陣陣歡快的鑼鼓聲、歡呼聲。

11 周處以為大家在為自己慶功，美滋滋的走進城。沒想到大家一見他，便四散逃跑：「不好！周處這個禍害還活着！」

12 周處這才明白，大家歡慶是以為他死了。這時，之前那位老者走過來，勸周處去拜當今的智者陸雲、陸機為師。

13 周處聽從老者的建議，來到陸雲、陸機的處所求教。從此，他發奮苦讀，嚴於律己，真誠待人。

14 後來，周處官至太守，為百姓做了不少好事，昔日的惡霸成了人人稱讚的名臣，義興縣的最後一害也「除」去了。

濟公與飛來峯

南宋時，西湖靈隱寺有一個舉止似癡若狂的高僧，大家都稱他為「濟公」。

1 相傳，現在西湖邊飛來峯所在的地方，原本是一個住着百來戶人家的村莊。濟公總喜歡搖着破扇子，在村子裏東遊西蕩。

2 一天，濟公正在村中閒逛，忽見一陣烏雲從西邊天空慢慢湧來。他掐指一算，發現很快將會有一座會飛的小山落在此處。

3 一旦小山落下，村民們都將被壓在山底。濟公焦急萬分，在村中奔走疾呼：「有一座山就要飛來了，大家快逃啊！」

4 正在樹下下棋的兩個老伯聽到濟公的喊聲，大笑道：「活到這麼大歲數，還真是第一次聽説有會飛的山。」

5 一個正挑着水往家裏走的年輕人對濟公説：「濟公，你別擔心，山壓下來，我來給你扛着。」

6 一羣淘氣的小孩聽了，覺得好玩，紛紛追在濟公身後喊：「哦，會飛的山來嘍！會飛的山來嘍！」

7 濟公氣得一屁股坐在一棵大樹下，那幫小孩嚇了一跳，一窩蜂地跑開了。就在這時，濟公聽見一陣歡快的嗩吶聲。

8 濟公循聲走過去，看到一户人家在辦喜事。新娘被媒人攙扶着，正從花轎上下來。濟公靈機一動，想到了一個好辦法。

9 他趁大家不注意，衝上前去一把拽過新娘，背起她就往村外跑。「和尚搶新娘啦！」新郎氣急敗壞地大喊起來。

10 村裏的人都是熱心腸，見新娘被搶，紛紛扛起鋤頭、釘耙追趕過去，連小孩都抓着石頭，跟在後頭追。

11 不一會兒，全村老小都出動了。新娘不知發生了什麼事，嚇得大哭大叫。濟公彷彿腳下生風，一口氣跑了很遠。

12 濟公看離村子夠遠了，才把新娘放下來。這時，大家也追了上來，一個小夥子揪着濟公的衣裳，揮起拳頭就想打他。

13 突然，天色暗了下來，狂風颳得人睜不開眼睛。只聽「轟隆」的一聲巨響，大家都被震得跌坐在地。

14 過了好一會兒，終於風停雲散。村民們互相攙扶着站起來，發現自己住的村子不見了，取而代之的是一座小山峯。

15 眾人這才明白，濟公搶新娘是為了讓大家撤離村子。他們紛紛向濟公道謝，濟公卻說：「這座山很快又要飛走了。」

16 村中最年長的老者聽到濟公這麼說，忙問他有什麼辦法讓這座山停留在這裏，免得它再飛去其他地方傷害百姓。

17 濟公搖着扇子說：「如果在山上雕刻五百尊羅漢，這座山就會被鎮住，再也飛不動了。」眾人一聽，都願意幫忙。

18 濟公帶領大家在山上鑿了一天一夜，終於把五百羅漢鑿好了。據說，羅漢的眉毛、眼睛都是濟公用指甲劃上去的。

19 從此以後，這座小山就留了在靈隱寺前，大家還給它取了個名字，叫「飛來峯」。

包公審石頭

包公指包拯，是中國歷史上有名的清官。他不僅公正清廉，還很有智慧。

1 宋朝時，端州城有個十多歲的小男孩，他為了給生病的母親買藥，他每天都提着一籃子油炸鬼沿街叫賣。

2 這天，小男孩的生意特別好，沒到中午油炸鬼就賣光了。他高興地靠着一塊大石頭坐下，將銅錢放在籃子裏數了起來。

3 可是，他實在太累了，數着數着，便不由自主地打起了盹。

4 等他醒來一看，籃子裏的銅錢全都不見了！那可是給母親買藥的錢啊，小男孩又急又氣，忍不住大哭起來。

5 這時，路過的包公看到傷心的小男孩忙上前詢問：「孩子，誰欺負你了？」小男孩便哭着將整件事告訴了他。

6 包公聽後，沉吟一下，心中有了主意。他讓兩個差役將小男孩靠着睡覺的石頭抬到一座祠堂前，説要審問它。

7 附近的百姓紛紛跑來看熱鬧。只見包公指着那塊石頭厲聲問道：「説！錢是不是你偷的？」石頭當然不會回答。

8 包公又問：「是不是你偷的？」石頭仍不說話。包公大怒：「來人，打它三十大棍！」差役對着石頭就是一陣狠打。

9 看熱鬧的人見了，忍不住發出一陣哄笑。有人還在小聲議論：「我看啊，這傳聞中的青天大老爺不過是個草包！」

10 包公聽了，把臉一沉，對圍觀的百姓說：「本官正在審案，你們吵吵鬧鬧、交頭接耳，成何體統！本官要罰你們每人一枚銅錢。」於是，包公吩咐差役端來一盆清水，然後讓圍觀的百姓排成一條長隊，一個接一個往盆裏扔錢，而他則站在一旁目不轉睛地監督着。

11 其中有一個人把一枚銅錢扔到水盆裏後，轉身就要走。誰知包公大喝道：「把這個人拿下！他就是小偷！」

12 那個人還想抵賴，邊掙扎邊大聲叫嚷道：「沒憑沒據的，大人為什麼抓我？可不要冤枉好人！」

13 「就憑這枚銅錢！」包公指着水盆說，「賣油炸鬼的小孩的錢沾了油，只有你這枚銅錢扔到水裏後水面出現了油漬！」

14 小偷啞口無言，從懷裏掏出銅錢，跪在地上磕頭認罪。圍觀的人見包公破案如此神速，都不禁拍手叫好。

海瑞巧治胡公子

海瑞是明朝有名的清官，在民間流傳着許多他與奸臣鬥智鬥勇的故事。

1 明朝時，浙江總督胡宗憲的兒子帶着一幫家奴到處遊山玩水。各地的官員迫於他父親的權勢，不得不殷勤地招待他。

2 淳安縣縣令海瑞聽說胡公子即將到來，囑咐驛丞說：「胡公子是個沒有官職的人，你簡單安排一下他的食宿就行了。」

3 過了幾日，胡公子前呼後擁地來到了淳安。他在街上橫衝直撞、調戲婦女。百姓見到他，都避之不及。

4 胡公子來到館驛，讓驛丞把酒菜端上來。沒想到，端上來的只有幾盤素菜，氣得他把桌子都掀了。

5 自他外出遊玩以來，還沒有人敢這樣怠慢他呢！胡公子越想越氣，命家奴將驛丞狠狠地鞭打了一頓。

6 海瑞得知此事，立刻帶差役趕到館驛，將胡公子和他的家奴全部抓了起來，帶回縣衙審訊。

7 公堂上，海瑞一拍驚堂木，讓胡公子跪下聽審。胡公子說：「我是浙江總督胡宗憲的公子，你們可不要不識抬舉！」

8 海瑞喝道：「胡大人是個廉潔奉公之人。你排場闊綽，橫行霸道，還想冒充胡公子？來人，給我打他四十大板！」

9 一個家奴說：「小的身上有總督大人的信，您一看便知我們公子的身份。」海瑞聽了，讓差役從他身上搜出那封信。

10 海瑞掃了一眼那封信，然後展示給眾人，說：「這信上的大印分明是私刻的！」胡公子聽他這麼說，氣得咬牙切齒。

11 「私刻官印，罪加一等！給我打他八十大板！」差役聽令，將胡公子按趴在地，舉起木棍，對着他的屁股就是一頓打。

12 一個小吏附在海瑞耳邊說：「大人，人人都認得他就是胡公子，您這樣處理，恐怕日後對總督大人不好交代啊！」

13 海瑞提筆寫了一封信，然後把它交給差役說：「你們把這個假冒的胡公子押到總督府，順便把這封信交給總督大人。」

14 胡宗憲見兒子被押回來，忙拆開海瑞的信，信上寫着：「此人冒充胡公子，我怕他敗壞您的名聲，特意交給您處理。」

15 胡宗憲氣得吹鬍子瞪眼，但又怕此事傳揚出去，對自己不利，只得將氣全撒在這個不爭氣的兒子身上。

劉墉是清朝賢臣，聰明機智。一次，他採用請客的方式籌集了賑災銀兩。

1 有一年，劉墉奉命到山東臨清州巡視，發現當地因連日暴雨，河道毀壞，隨時有決堤的危險。

2 他找來知州魯水清，商議修繕之事，對方卻面露難色。原來當地民力困竭，一直無法湊夠巨額的工程款。

3 劉墉思索片刻後，胸有成竹地對魯水清說：「款項就由我來籌措。我聽說本地出產大紅棗，請知州大人為我準備一些。」

4 劉墉回到京城後，便向朝中官員廣發請帖，說自己準備大擺壽宴，請各位同僚到府中一聚。

5 當天，劉府張燈結綵，熱鬧非凡。劉墉的舊交新友、朝中權貴都紛紛到場。劉墉將他們一一迎進府中，安排好座位。

6 可吃飯時間快過去一個時辰了，還不見開飯。劉墉滿臉賠笑，說廚子手腳笨，讓下人端出幾盤大紅棗給大家先充飢。

7 賓客們早已餓壞了，看到這幾盤大紅棗，都伸手抓了就往嘴裏送。八王爺吃完一個，順手把棗核扔到地上。

8 劉墉撿起地上的棗核，笑着説：「請諸位大人吃完把棗核放在你們面前的碟子裏，這樣也好清理。」賓客們都照做了。

9 幾盤大紅棗吃完後，酒菜終於端上來了。賓客們推杯換盞、把酒言歡，好不歡樂。

10 酒足飯飽後，大家心滿意足地放下了筷子。和珅剛準備起身離去，劉墉卻將他拉回來，説道：「和大人，多謝了！」

11 和珅不解，劉墉便指着碟中的棗核説：「前不久山東鄉親托我賣棗，我又不能上街叫賣，只好賣給各位大人了。」

12 和珅哈哈大笑：「好，這大紅棗我買了。多少錢一斤？」「咱們的棗子論個賣，十兩銀子一個。」劉墉答道。

13 和珅臉上的笑容頓時僵住了，要知道大多數客人只吃了十個八個大紅棗，他卻因為愛吃甜食，連吃了三十多個。

14 他心中不悅，但礙於面子又不好發作，只好命下人取來三百多兩銀子。其他官員見狀，也不好多說什麼，如數拿出了銀兩。

15 借着這一次壽宴，劉墉一共籌得了上千兩白銀，臨清州的河道修繕工程終於可以啟動了。

徐文長的故事

徐文長從小就聰明機智，他總是有辦法懲治那些欺壓窮人的壞蛋。

1 林莊有個惡棍叫林狼心。他仗着自己有一身蠻力，總是在村裏橫行霸道。誰要是不小心得罪了他，少不了吃他一頓拳頭。

2 一天，十五歲的徐文長到林莊的舅舅林老四家做客。村民們知道他辦法多，就請他想辦法懲治一下林狼心。

3 徐文長爽快地答應了。他先請村民們為自己準備一條船底板被撬鬆的破船。

4 村民們回去後，馬上找來一條船，又派兩個村民游到船底，用工具把船底板一一撬鬆。

5 接着，徐文長請人傳話給林狠心，說自己要和他比力氣。林狠心聽了，大怒：「跟我比力氣，真是不自量力！」

6 第二天一早，林老四家門前站滿了村民。很快，林狠心駕船過來了，他大聲叫嚷起來：「徐文長快出來！」

7 見徐文長從屋裏出來，林狠心跳下船來，把拳頭一揚，說：「就你這樣，還想跟我比力氣？先看看我的拳頭！」

8 徐文長說：「比賽前我們得先講好條件，如果我輸了，我給你做一輩子僕人；如果你輸了，你從此不准欺負鄉親們。」

9 林狠心同意了，他們開始比力氣。徐文長指着石板路說：「都說你力大無窮，你能一拳把路上的螞蟻打死嗎？」

10 林狠心舉起拳頭猛地砸向石板路上的螞蟻。誰知整塊石板都被打得震動了，螞蟻卻還在石板縫裏爬行，未傷分毫。

11 林狠心不服氣，嚷嚷着要徐文長打。只見徐文長走過去，伸出一根手指，往螞蟻身上一按，螞蟻就被按死了。

12 接着，徐文長走到一堆麥稈旁，説：「我能隨手把一束麥稈扔過小河，而你林狠心，恐怕連一根都扔不過去吧？」

13 説完，他拿起一束麥稈，輕輕一扔，就扔過了門前的那條小河。村民們見了，都鼓掌叫好。

14 徐文長轉過身來，從麥稈堆裏抽出一根麥稈交給林狠心，説：「現在看你的了。」

15 林狠心胸有成竹地接過麥稈，使出渾身力氣將它扔了出去。只見那根麥稈輕飄飄地隨風落到河裏，順着水流漂走了。

16 這一回合，林狠心又輸了。徐文長說：「你已經輸了兩場，我們再比最後一場，看誰能用力把船按到河底去。」

17 林狠心想：我力氣這麼大，還怕他嗎？於是，他跳到自己駕來的那條船上，使勁將船往下按，可船還是浮在水上。

18 徐文長用手往事先準備好的破船上一按，船底板頓時裂開，船艙裏一下子灌滿了水，不一會兒船就沉了下去。

19 林狠心連輸三場比賽，覺得臉上無光，只好灰溜溜地劃着船走了。村民們見徐長文戰勝了林狠心，都歡呼起來。

魯班學藝

魯班是位能工巧匠，被稱為木匠祖師，他的手藝是從哪裏學來的呢？

1 魯班年輕的時候，很想學一門手藝。他聽説終南山有一位精通木匠手藝的師傅，就拜別父母，前去拜師了。

2 他騎着快馬，日夜兼程，一個月後終於來到萬里之外的終南山。終南山雲霧繚繞，人跡罕至，只有山頂上有三間平房。

3 魯班上前敲門，卻無人應答，便推門而進。只見屋內横七豎八地放着許多工具，一個鬍髮全白的老人正躺在牀上睡覺。

4 魯班知道這老人就是自己要找的師傅。他不敢打攪師傅休息，便將那些工具收拾到一個木箱裏，等待師傅醒來。

5 他等啊等，直到太陽落山，師傅才睜開眼，從牀上坐起來。魯班立即上前，跪在地上，說明了來意。

6 師傅問了魯班許多有關木匠技藝的問題，魯班對答如流。師傅很滿意，答應收他為徒，不過要他先修好木箱裏的工具。

7 魯班將木箱裏的工具倒出來，只見斧子缺了角，鉋子長滿了鏽，鑿（粵音昨）子又彎又鈍。於是，他拿起斧子開始打磨。

8 魯班磨了七天七夜，才將斧子、鉋子、鑿子都磨得閃閃發亮。他請師傅檢查工具，師傅看了不住地點頭。

9 師傅指着屋前一棵幾個人都抱不過來的樹說：「先試試你磨的斧子，把這樹砍倒。」魯班揮起斧子便朝大樹砍去。

10 魯班不停地，砍了十二個日夜，才終於把大樹砍倒。師傅又說：「用斧子把樹枝都砍下來，再用鉋子把樹桿刨光滑。」

11 魯班便按照師傅的吩咐，一斧一斧地砍去樹枝，再一刨一刨地刨平樹幹，這樣又足足幹了十二個日夜，才完成任務。

12 師父見了，笑着說：「再用鑿子在樹桿上鑿兩千四百個洞。六百個方的、六百個圓的、六百個菱形的、六百個扁的。」

13 魯班顧不上歇息，拿起鑿子使勁鑿起來。他鑿了一個又一個洞，用了十二個日夜，終於鑿好了兩千四百個洞。

14 師傅見魯班幹活踏實，非常滿意，打算把全部手藝都教給他。於是，他領魯班來到西屋，裏面擺着好多精緻的模型。

15 師傅讓魯班把這些模型拆解和安裝，以便學習其中的工藝。他每天在屋裏琢磨，有時連飯都顧不上吃。

16 就這樣，魯班苦學三年，終於把所有的手藝都學會了。師傅想試試他，就把模型全都毀掉，要他重新製作出來。

17 魯班憑着記憶，將模型重新造了出來，而且他還在原來的基礎上，給有些模型加了新工藝，使它們變得更加精緻。

18 師傅又驚又喜，拍着魯班的肩膀說：「你的手藝學成了，而且已遠在我之上啊！」魯班便拜別了師傅，下山去了。

19 魯班下山後，用他精湛的手藝給人們造了許多橋樑、房屋和農具，還收了不少徒弟。後世尊稱他為木匠的祖師。

長髮妹

長髮妹人美心善，為了讓村民們喝上水，她不懼怕山神的威脅，公開了山泉的秘密。

1 陡高山下有一個小村莊，這個地方常年不下雨，附近又沒有水源，村民們常常需要翻山越嶺，到很遠的地方挑水。

2 在這個村子裏，有個頭髮又黑又長的姑娘，大家都叫她長髮妹。長髮妹和癱瘓的母親生活在一起，靠養豬維持生活。

3 一天，長髮妹背着竹簍，上陡高山割豬草。在懸崖壁上，她發現了一個葉子綠油油的大蘿蔔。

4 長髮妹抓住葉子，將這個紅紅的蘿蔔拔了出來。奇怪的是，蘿蔔生長的地方出現了一個小洞，一股清泉從洞裏噴了出來。

5 「啊！這裏有水！」長髮妹驚喜地叫出了聲。就在這時，一個滿身黃毛的巨人一把奪過蘿蔔，將它又塞回了洞裏。

6 這個黃毛怪自稱是陡高山的山神，他警告長髮妹，不准將山泉的秘密告訴任何人，否則就要取了她的性命。

7 長髮妹嚇壞了，回家後她不敢跟任何人提起這件事。可是，每當她看到那些枯黃的莊稼時，心裏都非常難過。

8 長髮妹越想越痛苦，沒過多久，她開始吃不下飯，睡不着覺。她那一頭烏黑的秀髮也逐漸變得枯黃，後來竟成了白色。

9 這天，一個老爺爺挑水經過，一不留神，被一塊石頭絆倒在地。長髮妹上前扶起老爺爺，發現他的腿上鮮血直流。

10 長髮妹非常自責，她再也忍不住了，站起身來，大聲喊道：「陡高山上有個被蘿蔔塞住的泉眼，把它拔下來就有水喝了！」

11 村民們聽見了，馬上跑來問情況。長髮妹便帶着他們找到之前那個地方，把那個大蘿蔔拔出來砍成了碎渣。

12 眾人見泉眼太小，又把泉眼鑿得像水缸那麼大。清洌的泉水流了出來，眾人歡呼雀躍，卻沒注意到長髮妹不見了。

13 原來，長髮妹被山神捲到了一個山洞裏。山神怒氣衝天，説要讓長髮妹站在懸崖上，永生永世承受被泉水衝擊的痛苦。

14 山神准許長髮妹回去向家人告別，但命令她必須按約定的時間回來，否則全村人性命不保。長髮妹難過地下山回家了。

15 回到家後，長髮妹先把家裏的一切打理好，然後站在房門口，望着躺在牀上休養的媽媽，輕聲説：「媽媽，我走了！」

16 上山途中，長髮妹路過一棵老榕樹時，一個綠鬍子老人對她說：「好孩子，我做了個石人，能代替你受罰。」

17 長髮妹見石人跟自己一模一樣，非常驚訝。老人朝石人吹了一口氣，一瞬間，長髮妹的白髮竟長在了石人頭上。

18 老人微微一笑，扛起石人就走了。他將石人放在懸崖上，讓泉水從石人的頭頂沖下，再順着頭髮流下去。

19 原來，這老人是樹神，他幫長髮妹騙過了山神。從此，村子裏水源充足，稻花飄香，長髮妹也重新長出了烏黑的長髮。

田螺姑娘

孤兒謝端幹活回來，發現家裏多了一桌香噴噴的飯菜，是誰這麼熱心腸地為他做飯呢？

1 有個叫謝端的孤兒，他從小沒了父母，全靠鄰居王婆婆撫養長大。十七八歲時，他在山坡旁搭了間屋子獨立生活。

2 一天，他在田裏幹活時，撿到了一隻特別大的田螺。他覺得很新奇，擔心牠會被曬死，便把田螺帶回了家。

3 他把田螺養在家裏的一個大水缸裏，每天給牠換新鮮的水，還給牠食物吃。

4 一個多月後的一天，謝端從田地幹完活回來，一推開門就看到小飯桌上擺着豐盛的飯菜，熱氣騰騰，香氣撲鼻。

5 他非常驚訝，心想：這肯定是王婆婆幫我做的。他的肚子早就餓得咕咕叫了，便拿起碗筷大口大口地吃起來。

6 吃完飯後，謝端帶了些野果子前去答謝王婆婆。王婆婆卻說自己並沒有去幫他做飯。謝端聽了，心裏很疑惑。

7 第二天傍晚，謝端像往常一樣幹完活從田地回來，見自家煙囱升起了炊煙。他想：難道又有人給我做好了飯菜？

8 他推開門一看，飯桌上果然又擺了滿滿一桌好吃的飯菜，屋子也被打掃得乾乾淨淨，可就是不見那個熱心人。

9 謝端再也按捺不住好奇心，決心弄清事情的真相。第三天，他比平時早了半個時辰收工回家，躲在窗外往屋內看去。

10 不一會兒，只見屋裏的水缸蓋子被打開了，從裏面走出來一個美麗的姑娘，她的衣服一點兒也沒有濕。

11 姑娘先打掃乾淨房屋，又走到廚房裏，開始熟練地做起飯來。謝端趁她不注意，偷偷地溜進了廚房。

12 他往水缸裏一瞧，只見那只大田螺只剩下一個空殼。他一下子全明白了，原來給自己做飯的就是水缸裏的那隻田螺。

13 謝端輕輕地走到田螺姑娘跟前。田螺姑娘正忙着做飯，見謝端忽然出現，大吃了一驚。

14 她想回到水缸去，卻被謝端擋住了去路，她只得說出真相。原來，天帝見謝端孤苦伶仃，特意派田螺姑娘下凡幫助他。

15 「你知道了我的來歷，我就要回到天上了。」田螺姑娘說，「你今後用螺殼來貯藏糧食，就會有吃不完的糧食了。」

16 話音剛落，田螺姑娘便騰雲而去。謝端望着田螺姑娘遠去的身影，過了好一會兒才回過神來。

17 他想起田螺姑娘的話，便抓了一把米放進螺殼裏。果然，眨眼之間，螺殼裏就盛滿了米，謝端不禁又驚又喜。

18 依靠田螺姑娘的幫助和自己的辛勤勞動，謝端漸漸地富裕起來。他心地善良，看到哪家缺少糧食，總不忘伸出援手。

19 過了幾年，謝端娶妻生子，過上了幸福美滿的生活。他不忘田螺姑娘的恩德，建了一座神像紀念她。

劉三姐是壯族的歌神，她的歌聲就像春江水一樣，源源不斷、滔滔不絕。

1 相傳，在廣西宜州有一個美麗的壯族姑娘，名叫劉三姐。她從小父母雙亡，與哥哥劉二一起生活。

2 劉三姐不僅聰明能幹，還很會唱歌。她疾惡如仇，總是用山歌唱出窮人的心聲和不平，鄉親們都很喜歡她。

3 附近莫村有一個惡霸財主，名叫莫懷仁。他見劉三姐長得漂亮，山歌又唱得好，就想把她娶回家做小老婆。

4 劉三姐見財主上門提親，生氣地唱道：「三姐生來脾氣怪，只愛山歌不愛財。你若唱歌唱贏我，不用你派花轎抬。」

5 莫懷仁聽了，心裏很不服氣。第二天，他找來三個很會唱山歌的秀才，還帶着一船的歌書，準備和劉三姐對歌。

6 見到劉三姐，一個秀才唱道：「小小黃雀才出窩，諒你山歌有幾多？那天我從橋上過，開口一唱歌成河。」

7 劉三姐見他們裝了一船歌書，唱道：「你歌不比我歌多，我有十萬八千籮。去年柳州發大水，歌聲阻斷九條河。」

8 劉三姐一開口就把三個秀才鎮住了。他們怎麼唱都唱不過劉三姐，只好乖乖認輸，灰溜溜地回去了

9 得罪了莫懷仁，可不會有好日子過。為了免遭迫害，劉三姐和哥哥連夜乘竹筏離開了村子。

10 他們順河而下，輾轉來到柳州，在立魚峯小龍潭村邊的一個小岩洞裏暫時住了下來。

11 劉二勸妹妹不要再唱歌招惹是非，可是劉三姐怎麼能忍得住呢？對她來說，唱歌就像吃飯、喝水一樣重要。

12 一天，劉二給劉三姐一塊石頭說：「除非你能用柔軟的手帕在堅硬的石頭是上鑽個洞，穿過去，否則就不要再唱了。」

13 劉三姐不願與哥哥爭辯，一個人傷心地唱起山歌來。天上的仙女被她的歌聲打動，施展仙術，幫她在石頭上鑽了個洞。

14 劉三姐轉憂為喜，立刻將手帕穿過石頭，拿給哥哥看。劉二見天意難違，就不再阻止妹妹唱歌了。

15 從此，劉三姐的歌聲總是在立魚峯回蕩，很多人都慕名前來對歌、學歌。

16 可惜好景不長，莫懷仁還是查到了劉三姐的行蹤。他甚至花重金買通官府，派了許多官兵一起來捉拿劉三姐。

17 附近的鄉親們聽説後，紛紛拿着鋤頭等農具前來相助。劉三姐不忍心讓鄉親們受牽連，毅然從山上跳入了小龍潭中。

18 不過，沒等劉三姐落入水中，小龍潭裏的一條金色大鯉魚躍出水面，馱着她飛上了雲霄。

19 就這樣，劉三姐騎着鯉魚上了天，成了天宮裏的歌仙。她留下來的山歌，人們仍世代傳唱着。

一幅壯錦

老婆婆花了三年心血織成的壯錦不見了，她的三個兒子中，哪個能把它找回來呢？

1 很久以前，在一座美麗的大山腳下，住着一位壯族老婆婆。她靠織壯錦一個人撫養三個兒子長大成人。

2 有一天，老婆婆在集市看到一幅美麗的風景畫。她把畫買了下來。她想：要是我能生活在這樣的地方該多好啊。

3 回到家裏，老婆婆決定把畫上的美景織成一幅壯錦。大兒子和二兒子都說她做不到，只有小兒子支持她。

4 於是，老婆婆開始沒日沒夜地趕織壯錦。她織啊織啊，哪怕手指被針戳破了也不停歇。

5 就這樣一連織了三年，美麗的壯錦終於織好了。老婆婆讓三個兒子把壯錦拿到院子裏展開，細細地欣賞，愛惜地撫摩。

6 忽然，一陣大風吹來，壯錦被捲上天，飄出院子，向東方飛走了。

7 沒有了壯錦，老婆婆吃不下飯，睡不着覺，她對大兒子說：「快去東方找回壯錦，那是媽媽最寶貴的東西啊。」

8 大兒子出發了，他走了一個月，來到一個大山口，遇到了一位老神仙。老神仙問：「你是來找一幅壯錦的吧？」

9 大兒子點點頭。老神仙說：「壯錦被太陽山的仙女借去了。去那裏的路充滿危險，一不小心還會喪命。」

10 老神仙見大兒子害怕了，就遞給他一袋金子，說：「孩子，別去找了，你趕緊回家吧。」

11 大兒子擔心回家會被媽媽責怪，就拿着金子跑到城裏享樂去了。

12 老婆婆等了兩個月，不見大兒子回來，又讓二兒子去找。沒想到二兒子像大兒子一樣，拿着老神仙給的金子享樂去了。

13 老婆婆又等了兩個月，她哭得眼睛都要看不見了。小兒子說：「媽媽，我去吧，我一定會把壯錦找回來的。」

14 小兒子來到大山口，見到了老神仙。他沒被老神仙的話嚇倒，堅定地騎上石馬，朝太陽山奔去。

15 一路上，他翻過了熾熱灼人的火焰山，又渡過了冰冷刺骨的汪洋大海，離太陽山越來越近了。

16 終於，小兒子到達了太陽山。遠遠地，他看見仙女們正在織錦，中間擺放的正是老婆婆織好的那幅壯錦。小兒子走上前去，向仙女們説明了來意。仙女們讓他再等一夜，答應第二天織完就把壯錦還給他。

17 有位紅衣仙女一邊織錦，一邊感歎老婆婆的手藝。她多希望自己能在那幅畫裏生活啊，於是偷偷地把自己也繡了上去。

18 第二天，小兒子拿着壯錦飛速往回趕。來到大山口時，老神仙送了他一雙鹿皮鞋。穿上鞋後，他馬上就回到了家裏。

19 小兒子在奄奄一息的媽媽面前展開壯錦，壯錦發出耀眼的光芒，老婆婆的病一下子就好了，眼睛也恢復了光明。

20 突然一陣香風吹來，那幅壯錦立刻變大，變成真的了！他們眼前出現了漂亮的房子和花園，和壯錦上織的一模一樣。

21 他們發現紅衣仙女也來到了這裏，便熱情地請她留下來。不久，小兒子和紅衣仙女相愛了，老婆婆為他們舉行了婚禮。

22 自私、貪婪又懶惰的大兒子和二兒子花完老神仙給的金子後，變成了乞丐。他們沒臉去見家人，只得到處乞討為生。

獵人海力布

海力布是一個獵人，為了救全村百姓的性命，他犧牲了自己，變成了一塊石頭。

1 從前有一個獵人，名叫海力布。他每天都上山打獵，回來後就把獵物分給大家，自己只留下很少的一部分。

2 有一天，海力布在山裏打獵時，突然看到一隻老鷹抓着一條小白蛇從他的頭上飛過。他急忙拿出箭來，朝老鷹射去。

3 老鷹受了傷，丟下小白蛇跑了。海力布走過去，輕輕地對小白蛇說：「小白蛇，快回家去吧。」

4 小白蛇變成了一位少女，自稱是龍王的女兒。她邀請海力布與自己一同回龍宮，好讓父親見見自己的救命恩人。

5 海力布跟隨龍女來到了龍宮。龍王很感激海力布，送給他一顆寶石，告訴他只要將寶石含在嘴裏，就能聽懂動物的話。

6 海力布高興地接受了這個禮物。臨走時，龍女再三叮囑他，不要把動物説的話告訴別人，否則他就會變成石頭。

7 從此，只要海力布把這顆寶石含在嘴裏，就能聽懂各種動物説的話。他每次打獵回來，分給大家的獵物更多了。

8 有一天，海力布又含着寶石上山打獵。走到半山腰時，他遠遠看見一大羣鳥兒聚集在一起開會。

9 海力布躲在草叢裏聽牠們説話。一隻鳥兒説：「我們趕緊搬家吧，這次洪水來勢兇猛，不知會淹死多少飛禽走獸。」

10 海力布吃了一驚，連忙跑回村子，挨家挨户地勸村民們趕緊收拾好行裝，離開村子。

11 儘管村民們平時都很信任海力布，但這次海力布的舉動實在很奇怪，所以大家圍着海力布，追問他家離開的原因。

12 海力布急得眼淚都流出來了，只得把自己如何得到寶石，又如何聽到鳥兒議論洪災的事情都說了出來。

13 話音剛落，海力布就變成了一塊石頭。大家都非常後悔追問海力布，他們流着淚，搬離了自己的村莊。

14 不久，天上下起了傾盆大雨。三天三夜後，大山崩塌，洪水咆哮着沖過來，淹沒了整個村子。

15 洪水退去後，大家找到海力布變的那塊石頭，把它供在山頂上，讓子子孫孫都來紀念這位犧牲自己、保全大家的英雄。

馬頭琴

馬頭琴是蒙古族的一種樂器。在內蒙古草原上，流傳着一個有關馬頭琴的動人傳說。

1 草原上有一個叫蘇和的牧羊少年，他從小和奶奶相依為命。有一次，他在牧羊時，發現了一匹剛出生的小白馬。

2 蘇和覺得小白馬很可憐，便把牠抱回了家。在他和奶奶的精心照料下，小白馬長成了一匹健壯的駿馬，跑起來蹄下生風。

3 時光飛逝，很快又到了草原上一年一度的賽馬大會。蘇和也想在比賽中一展身手，於是他騎着白馬和朋友一起出發了。

4 賽馬開始了。一聲哨響過後，蘇和一揮馬鞭，白馬便邁開四蹄，像一支離弦的箭一樣衝了出去，將其他的參賽者遠遠地甩在了身後。一眨眼的工夫，蘇和就騎着白馬第一個衝過了終點，場外的觀眾無不拍手稱讚。

5 坐在看台上的王爺見比賽這麼快就分出了勝負，便讓侍衞帶蘇和過來，傲慢地提出以三個金元寶換取白馬。

6 蘇和生氣地拒絕了。王爺見蘇和竟敢違抗自己，生氣極了。他命侍衞對蘇和又打又罵，然後搶走了白馬。

7 蘇和被小夥伴救回了家。在奶奶的悉心照顧下，身上的傷慢慢好起來了，但每次想起白馬，他總是難過地掉淚。

8 惡毒的王爺自從搶到了白馬，他就總是想着在別人面前炫耀一下。這天，他請來親友，說要騎白馬給他們看看。

9 王爺笨手笨腳地爬上馬背，還沒有坐穩，白馬就猛地抬起前蹄，仰起身子，把王爺狠狠地甩到了地上。

10 王爺惱羞成怒，呵斥侍衛將白馬射死。「嗖嗖嗖」，霎時間白馬身中數箭，但牠忍着疼痛一個勁兒地向前跑。

11 白馬一直到跑到蘇和家的蒙古包前，才撲通一聲倒在地上。蘇和聽到動靜立即跑出來，可渾身是箭的白馬已經死了。

12 蘇和悲痛欲絕。夜裏，他夢見白馬對他說：「請你用我的筋骨做一把琴吧，這樣我們就再也不會分開了。」

13 蘇和醒來後，按小白馬說的做了一把琴，還在琴頭上雕刻了一個馬頭。每當他拉起琴，總會想起心愛的小白馬。

14 牧民們把這把琴稱作「馬頭琴」，還仿照着做了許多木質馬頭琴。從此以後，草原上總是飄蕩着悅耳的馬頭琴聲。

阿凡提種金子

國王貪婪成性，聰明的阿凡提想辦法捉弄了他一番。

1 一天，國王帶着隨從外出打獵。路過一片沙地時，看到阿凡提正坐在地上篩沙子，便問：「喂！阿凡提，你在做什麼？」

2 「哦，尊敬的國王陛下，前些日子我種了些金子，今天我是特意來收金子的。」説話間，阿凡提已經篩出了五塊金子。

3 國王驚訝地瞪圓了眼睛：「真的嗎？種一塊金子能收穫多少？」「種一塊能收穫五塊。」阿凡提將金子拿給國王看。

4 國王見了，連忙下馬，他拍着阿凡提的肩膀說：「這樣吧，阿凡提，我出金子，你來種。收穫後，我們一人一半。」

5 「沒問題，我願意為您效勞！」阿凡提爽快地答應了。國王高興極了，馬上讓隨從拿來兩斤金子給阿凡提種。

6 七天以後，阿凡提進宮了，他果真向國王獻上了十斤金子。國王笑得合不攏嘴，將其中的一半分給了阿凡提。

7 國王還想要更多的金子，於是吩咐侍衛抬來幾箱金子，對阿凡提說：「阿凡提，這些金子你都帶回去，繼續種！」

8 阿凡提將金子拉回家後，便招呼百姓來分金子。原來，這都是阿凡提的計謀，他想懲罰一下那個整天剝削百姓的國王。

9 七天後，阿凡提兩手空空地走進皇宮。一見到國王，他就哭着說：「天氣太乾旱了，這次種下去的金子都枯死了。」

10 國王氣得直跳腳，指着阿凡提罵道：「胡說八道！金子怎麼會枯死？」

11 阿凡聳聳肩說：「金子能像莊稼一樣長出來，當然也會像莊稼一樣枯死啊！」國王，這才知道自己中了阿凡提的圈套。

百鳥衣

勇敢的壯族青年張亞原歷盡千辛萬苦，做成百鳥衣，救回了被搶走的妻子。

1 從前，橫州城外的一個小山村裏，有一個叫張亞原的壯族青年。他的父親很早就去世了，他與母親相依為命。

2 有一天，張亞原上山砍了一擔柴。在回家的路上，一隻美麗的錦鷄跳上他的扁擔，一路跟着他回了家。

3 這隻錦鷄不怕人，也不肯離去，張亞原和母親就把牠養了起來，每天吃飯時，都會特意給牠留一點吃的。

4 半年後，錦鷄竟然變成了一個美麗的姑娘。她和張亞原結成了夫妻，兩人一起勞作，日子越過越好。

5 後來，他們還在鎮上租了一間店鋪，開了個百貨商店。店鋪開張那天，鞭炮聲劈劈啪啪，熱鬧極了。

6 一個財主正好路過這裏，他看到門上的對聯，心想：這麼一個小店竟然誇下這樣的海口，真是不知天高地厚啊。

7 他派了十幾個僕人去店裏買貨：「我們要一千把雨傘，錢多少不論，明天交貨。」張亞原心裏發愁，妻子卻答應了。

8 第二天，僕人們帶着一百兩銀子回來了。他們取到了一千把雨傘，而且這些雨傘的樣式和品質都無可挑剔。

9 財主見難不倒張亞原，又分別派人去買一千雙尺碼各不相同的鞋子和一千隻重量都是一斤的雄鳥。

10 張亞原如期交了貨，財主十分奇怪。打聽後才知道，張亞原的妻子是天仙下凡，用紙畫什麼就能變出什麼。

11 財主起了歹心，他派十幾個僕人搶走了張亞原的妻子，並打算將她獻給皇帝。張亞原奮起阻攔，可是哪裏攔得住。

12 臨走時，妻子告訴張亞原：「你去山上捉一百隻鳥，用鳥的羽毛做一件羽衣，一百天後穿着它到京城來找我！」

13 張亞原的母親見兒媳被帶走，又氣又急，一下子病倒了。張亞原一邊照顧母親，一邊到深山裏打鳥。

14 三個月過去了，他終於用一百隻鳥的羽毛做成了一件五彩斑斕的羽衣。

15 再說張亞原的妻子被搶進京城後，天天都眉頭緊鎖，越來越憔悴。皇帝用了各種辦法，花了很多錢，都沒能讓她笑一笑。

16 一百天到了，張亞原穿上百鳥衣，敲鑼打鼓來到京城。愁眉苦臉的張妻一見到穿着百鳥衣跳舞的張亞原就開心地笑了。

17 皇帝見她笑得合不攏嘴，很想把張亞原的羽衣買下來，可是張亞原只肯拿它來換龍袍。皇帝想討張妻歡心，就同意了。

18 皇帝脫下龍袍，穿上羽衣跳起舞來。可是越跳，他就覺得羽衣越緊。他受不了，想把羽衣脫下來，卻怎麼也脫不下來。

19 皇帝難受得在地上打滾，滾着滾着，就變成一隻山雞飛出了皇宮。張亞原趕緊帶着妻子逃出了皇宮，回到了家鄉。

阿詩瑪

阿詩瑪是一位美麗善良的彝（粵音怡）族姑娘，她追求自由的愛情，不屈不撓地與惡勢力鬥爭。

1 從前，在雲南小石林旁，住着一個叫阿詩瑪的小姑娘。有一次，她上山放羊時救了一個餓暈在地的小男孩。

2 小男孩名叫阿黑，自幼父母雙亡，靠給地主採摘野果為生。阿詩瑪見他可憐，不僅給他吃的，還把他帶回了家。

3 阿詩瑪的父母非常同情阿黑，把他當作親生兒子一樣對待。從此，阿詩瑪和阿黑一起玩耍、幹活，結下了深厚的情誼。

4 十年後，阿詩瑪長成了一個可愛美麗、能歌善舞的大姑娘。附近的小夥子沒有不對她動心的，但阿詩瑪只鍾情於阿黑。

5 阿黑勤勞勇敢，有很多姑娘愛慕他，但他的心裏只裝着阿詩瑪。兩人向父母提出了訂婚的請求，父母高興地答應了。

6 一天，阿詩瑪和朋友去趕集。在街上閒逛的浪蕩公子阿支看見了阿詩瑪，對她一見傾心。

7 阿支回到家後，央求父親熱布巴拉請媒人為自己求親。熱布巴拉很寵愛兒子，馬上請了一個伶牙俐齒的媒人去辦這件事。

8 媒人來到阿詩瑪家，一個勁兒地誇讚阿支，説阿支家富甲一方，嫁給他肯定衣食無憂，但阿詩瑪不為所動，一口拒絕了。

9 聽説阿詩瑪拒絕了自己的求親，阿支又哭又鬧。熱布巴拉心疼兒子，決定無論用什麼手段，都要讓兒子娶到阿詩瑪。

10 一轉眼，又到了草木凋零的秋天，山羊們都吃不飽肚子，阿黑決定到遙遠的滇南放牧。他和阿詩瑪戀戀不捨地分別了。

11 聽説阿黑離開了，阿支頓時起了歹心。他大搖大擺地帶領下人衝進阿詩瑪家裏，將阿詩瑪搶走了。

12 熱布巴拉強迫阿詩瑪與阿支成親，可阿詩瑪説什麼也不答應。熱布巴拉將阿詩瑪痛打了一頓，然後把她關了起來。

13 阿詩瑪被搶走後，她的父母心急如焚，托一位好心人去通知在外牧羊的阿黑。阿黑得知消息後，立即躍馬揚鞭往家裏趕。

14 阿黑日夜兼程，終於來到阿支家門口，他遠遠地便吼道：「快放了我的未婚妻阿詩瑪！」阿支嚇得馬上命人關緊大門。

15 阿黑在門外大罵阿支。阿支自知理虧，要求阿黑與自己對歌，贏了才放他進來。於是，兩人對起歌來。

16 阿黑和阿支對歌對了三天三夜，阿黑的歌聲越來越嘹亮，阿支卻越唱越沒詞。最後，阿支只得認輸，讓阿黑進了門。

17 阿黑剛進門，一隻猛虎就朝他迎面撲來。原來熱布巴拉見兒子贏不了阿黑，又急又氣，竟放出老虎來咬阿黑。

18 說時遲，那時快，阿黑往旁邊一躲，然後從身後取出弓箭，嗖的一聲便將那隻猛虎射倒在地。

19 阿黑闖入屋內，將阿支、熱布巴拉及朝他衝過來的眾多僕人紛紛打翻在地，然後把阿詩瑪從牢房裏救了出來。

20 熱布巴拉氣得咬牙切齒。他知道阿黑和阿詩瑪回家時一定經過十二崖子腳，便用重金收買了崖神，讓他殺死阿黑。

21 當阿黑和阿詩瑪經過懸崖的時候，崖神悄悄推了阿黑一把，阿黑一下子掉進了懸崖下方的大湖中。

22 阿詩瑪傷心欲絕，她一邊哭，一邊繞到懸崖底下，跪倒在湖邊。她就這樣一直等啊等，希望阿黑能從湖裏出來。

23 天長日久，阿詩瑪竟化作了一尊石像。直到今天，這尊石像還屹立在雲南小石林的湖邊。

龍牙顆顆釘滿天

古時候，兩條大烏龍打架，把天打破了。桑哥哥和白姑娘合力用龍牙釘把天補好。

1 從前有一對老夫妻，他們結婚好多年，卻一直沒有生下孩子，因此十分煩惱。

2 一天，老夫妻在山腳下種玉米，山上突然滾下來一塊大石頭。石頭滾到玉米地邊，嘩啦一聲裂開了，露出一團棉花。

3 老夫妻撕開棉花，裏面竟有個胖乎乎的小男孩。老夫妻高興極了。他們覺得這是上天賜給他們的孩子啊！

4 老夫妻把孩子抱回家餵養，並給他取名為「桑」（苗語的意思是英雄人物）。桑一天天長大，成了個英俊魁梧的青年。

5 那時候，南山有一條大烏龍，北海也有一條大烏龍。一天，牠們因為爭吃蜜桃而打了起來，最後打到天上，把天撞裂了。

6 這下人間可就遭殃了。夏天，雨水像瀑布一樣從天縫裏流下來；冬天，冰塊像石頭一樣從天縫裏掉出來。

7 桑看見這種情形，很想去把天縫補起來。老爹説：「千里之外的賴弄山上住着一位綠鬍老人，他可能有辦法。」

8 桑不怕吃苦，隨即告別父母出發了。他日夜兼程，渡過了九十九條河，又翻過了九十九座山，終於到達了賴弄山。

9 賴弄山可真高啊，半山腰光溜溜的石壁上斜長着一棵大樟樹，綠鬍老人就住在樹上的鳥窩裏。可這怎麼爬得上去呢？

10 突然，桑看到鳥窩裏垂下了像長藤一樣的綠色鬍子。他想這一定是綠鬍老人的鬍子，於是抓着鬍子爬了上去。

11 綠鬍老人得知桑的來意，建議桑娶烏溜山老熊王的女兒為妻，讓她幫忙補天縫。臨行前，他還送給桑一雙綠草鞋。

12 桑來到烏溜山下，穿上那雙綠草鞋，然後使勁跺腳，發出驚天動地的聲響，把烏溜山震得搖搖晃晃。

13 老熊王帶着三個女兒下山來查看，桑便上前説明來意。老熊王的三女兒白姑娘被桑的英雄氣概打動，答應嫁給桑。

14 白姑娘告訴桑，必須找到那兩條烏龍，把牠們的龍角和龍牙取來，龍角當錘，龍牙當釘，才能把天的裂縫補好。

15 桑先來到南山。由於前段時間的打鬥，南山烏龍還沒恢復元氣，桑乾脆利落便將牠的龍牙一顆顆拔了下來。

16 緊接着，他又來到北海，找到另一條烏龍，將牠的龍角截了下來。然後，他馬不停蹄地回到了烏溜山下。

17 白姑娘見桑帶着龍牙和龍角回來，馬上拿出羊皮袋，讓他把龍牙放進去。那袋子是個寶袋，龍牙裝在裏面永遠也取不完。

18 白姑娘又喚來兩隻綿羊，他們各騎了一隻飛上天空。白姑娘肩背羊皮袋，桑手拿龍角做的錘子，見到天縫就開始縫補。

19 他們不僅補好天上的大裂縫，還把各處的小縫隙也補好了。你看，那滿天的星星就是他們釘的龍牙釘呢。

沈萬三是元末明初的江南首富，相傳他是因為意外得到了一個聚寶盆才發家致富的。

1 元朝末年，江蘇蘇州有一個叫沈富的平民。一天夜裏，他做了一個夢，夢見上百個身穿青衣的人向他求救。

2 第二天，沈富路過河灘時，聽到一片蛙鳴聲。他循聲走過去，見一個漁夫捉了上百隻青蛙，正準備殺掉。

3 沈富想起自己昨夜做的那個夢，心中十分不忍，便將青蛙全部買下來，拿到自己屋後的池塘放生。

4 到了晚上，池塘裏的青蛙一直呱呱呱地叫個不停，沈富被吵得一夜都沒睡着。

5 第二天一早，沈富決定去把青蛙趕走。他走到池塘邊一看，發現青蛙們正團團圍着一個瓦盆，叫得起勁。

6 這個瓦盆看起來與其他的盆沒什麼區別，但是由於家裏窮，沈富還是把這個瓦盆撈起來，帶回家交給了妻子。

7 妻子想用它裝穀子來餵鴨。她往盆中放了一勺穀子，正準備再放一勺時，卻發現盆裏的穀子已經裝滿了整個瓦盆。

8 妻子大吃一驚，忙喊丈夫來看。沈富不相信妻子的話，他把穀子倒掉，往盆裏扔了一枚銅錢，盆馬上裏就盛滿了銅錢。

9 沈富這才明白，自己得到了一個聚寶盆。從此，他便用聚寶盆生出來的錢財，經營生意，很快就成了江南首富。

10 後來，沈富移居到了南京。當地的人都稱富豪為「萬户」，沈富在家裏排行老三，因此大家都稱他為「沈萬三」。

11 洪武元年，朱元璋在南京稱帝。他想擴建京城，但是資金不足，便讓沈萬三出資相助。沈萬三爽快地答應了。

12 沈萬三負責京城的建造工作。這項浩大的工程持續了六年，眼看就要竣工了，但是城牆的南門卻屢建屢倒。

13 沈萬三找劉伯溫想辦法。劉伯溫說是南門地下有水怪，牠恨青蛙和沈萬三搶走牠的聚寶盆，所以不停挖洞與他作對。

14 沈萬三得知事情的真相後，便將聚寶盆埋了在南面的城牆之下，讓水怪重新拿了自己惦念的寶物。

15 之後，南門果然順利築成了。聚寶盆的秘密也在京城傳開來，大家都把新建好的南門稱為「聚寶門」。

海南島有一座叫鹿回頭的山，在它附近還有一個同名的村子，它們有什麼樣的來歷呢？

1 海南島五指山下的一個小村落裏，有一個惡霸地主身患重病，醫生告訴他必須服用新鮮鹿茸做的藥，他的病才能好起來。

2 地主找來村裏的神箭手阿郎，命他為自己採集鹿茸。可在村民心中，鹿是吉祥之物，所以阿郎果斷地拒絕了。

3 地主又急又氣，派手下將阿郎的母親抓起來，還放下狠話，如果七天之內阿郎不能找來新鮮鹿茸，就殺了他的母親。

4 阿郎是個孝子，被迫得沒有辦法，只得滿懷憤恨地帶上弓箭去山裏找鹿。

5 傍晚時分，阿郎才在密林深處發現一隻被巨蟒纏住的五彩花鹿。情況緊急，他連發三箭射死了巨蟒。

6 五彩花鹿擺脫巨蟒後，轉身就跑。阿郎為了採集鹿茸，在後面緊追不捨。

7 阿郎追了五彩花鹿三天三夜，最後來到了一座山崖上。山崖下是波濤洶湧的大海，五彩花鹿只得停下了腳步。

8 阿郎正準備朝五彩花鹿射去。那鹿卻忽然回過頭來，向他投來深情一瞥。阿郎不由得心裏一顫，放下了手中的弓箭。

9 等他抬頭再看時，五彩花鹿竟變成了一位美麗的黎族姑娘，朝他走來。

10 這位黎族姑娘自稱阿璐，是一位修煉了五百年的鹿神。她非常感激阿郎將她從巨蟒的口中救下，並問阿郎為何想殺自己。

11 阿郎只好將自己的苦衷和盤托出。阿璐很同情阿郎，決定幫助他救出母親。阿郎很高興，帶着阿璐匆匆趕回村子。

12 到了村口，阿璐讓阿郎在原地等待，她去找其他兄弟姐妹來幫忙，阿郎答應了。

13 這天已經是地主規定的最後一天，阿郎沒等阿璐回來，就直奔地主家。遠遠地，他便看見母親被綁在門前大樹下。

14 他衝上前去，想救母親，卻被家丁們按倒在地。地主的兒子惡狠狠地朝阿郎索要鹿茸，阿郎充滿怨恨地地瞪着他。

15 這時，從遠處傳來了一陣奔跑的聲音。大家回過頭，只見一大羣鹿正氣勢洶洶地朝地主家衝過來。

16 地主的兒子和家丁們來不及躲閃，就被迎面衝上來的鹿羣撞翻在地，死的死，傷的傷。為首的五彩花鹿直接衝進了屋裏。

17 五彩花鹿用鹿角將卧病在牀的地主挑到了門外。那地主本來就病得奄奄一息，被這麼一摔，直接一命嗚呼了。

18 就這樣，阿璐幫村裏剷除了惡霸。阿郎的母親很感激她，見她和阿郎情投意合，便歡喜地讓兩人成了婚。

19 婚後，他們一家搬到了阿璐變身為人形的地方，從此那座山就叫作「鹿回頭」，還在山下建起了一個村子，也叫「鹿回頭」。

黃鶴樓被譽為「江南三大名樓」之一，這座名樓跟黃鶴有什麼關係呢？

1 從前，在湖北武昌的黃鵠山上有一家小酒店，店主是一對姓辛的老夫婦。小店價格公道，服務熱情，吸引了許多食客。

2 一天，店裏來了一個道人，酒足飯飽後便揚長而去。辛老頭為人厚道，覺得道人是方外之人，便沒有向他追討飯錢。

3 一連六天，道人天天來店裏喝酒吃飯，每次都分文不給，但辛老頭並沒有因此而怠慢他，依舊熱情招待他好酒好菜。

4 到了第七天，道人點了一壺紹興花雕酒，然後從懷裏掏出一個橘子剝來吃。他就着橘子下酒，自斟自酌。

5 三杯酒下肚，道人站起來，用橘皮在酒店的牆上畫了一隻黃色的仙鶴。那隻仙鶴栩栩如生，辛老頭走過來細細觀看。

6 沒想到道人雙手一拍，仙鶴竟翩然起舞。道人告訴辛老頭，只要拍拍手，這仙鶴就能飛下來為食客跳舞助興。

7 道人又將橘皮交給辛老頭說：「把它扔到井中，井水會變成酒。貧道多蒙照顧，無以為報，只能為你們做這些了。」

8 道人走後，辛老頭將橘皮扔到屋後的水井裏。他打起一桶水，嘗了一口，果真像酒一樣香醇，不禁又驚又喜。

9 從此，辛氏夫婦就以井中美酒和翩翩起舞的仙鶴招攬客人。這事一傳十，十傳百，客人慕名前來，生意越來越紅火。

10 三年後，道人雲遊回來，特意來辛氏夫婦的酒店喝酒。老兩口見了道人，忙將他迎入店內，千恩萬謝。

11 道人一邊喝酒，一邊問：「貴店生意可好？」辛老頭答道：「幸得恩人相助，小店生意十分興旺。」

12 辛老太卻說：「好是好，但不釀酒後，就沒有酒糟餵豬了。」道人一聽，長歎道：「人心比海深，貪念沒盡頭！」

13 說完，他起身從懷裏掏出一根鐵笛，一邊吹一邊往門外走去，仙鶴聞聲從牆上飛了下來。

14 道人駕鶴而去，轉眼便消失在雲層之中。從此，酒店再沒有仙鶴招攬客人，屋後的水井也不再出美酒了。

15 辛老太為自己的貪心感到懊悔。為紀念這段奇遇，她和丈夫在黃鵠山建造了一座飛簷翹角的高樓，取名為「黃鶴樓」。

年獸的傳說

為什麼過年要燃放爆竹、張貼揮春？傳說這些習俗都跟年獸有關。

1 古時候，有一種叫作「年」的怪獸，長年深居海底，但每到除夕之夜就會上岸吞食牲畜，傷害人命。

2 為了躲避年獸的傷害，每逢除夕，人們都拖家帶口逃往深山。

3 有一年除夕，正當桃花村的人收拾行裝，準備上山避難時，一個乞討的老人進了村子。

4 老人在村裏走了一圈，發現大家扶老攜幼，牽牛趕羊，到處都是一片匆忙恐慌的景象，誰也沒空搭理他。

5 村口一位心地善良的老婆婆不忍心看着老人受冷落，就給了他一些食物，並勸他一起上山躲避年獸。

6 沒想到，老人卻對老婆婆說：「我是專門來除年獸的。如果讓我在你家待一夜，我一定把年獸趕走。」

7 老婆婆不相信他的話，多次勸他離開，老人卻笑而不語。最終，老婆婆只好留他在家，自己上山避難去了。

8 半夜時分，年獸闖入村子。牠發現村裏的氣氛與往年不同：村口老婆婆家門口貼着大紅紙，屋內燭火通明。

9 年獸怪叫一聲，朝婆婆家撲過去。剛靠近院子，裏面就響起了噼哩啪啦的響聲，年獸嚇得不敢繼續往前走了。

10 這時，院子的大門突然開了，一位身披紅袍的老人走了出來。年獸大驚失色，嚇得狼狽而逃。

11 第二天是正月初一，上山避難的人們回來了。他們驚奇地發現村子裏安然無恙，沒有一點被損壞的跡象。

12 這時，老婆婆才恍然大悟，連忙把乞討老人說過的話講給大家聽。

13 大家來到老婆婆家，老人已經離開了。只見門前貼着紅紙，院子裏未燃盡的竹子仍在噼啪作響，屋裏還有幾根紅燭。

14 原來，用這些東西就能趕跑年獸。人們高興極了，紛紛互相道喜，慶賀乞討老人成功趕跑了年獸。

15 從此每年除夕，家家户户貼揮春，燃放爆竹，燈火通明守更待歲。這些風俗廣傳，過年也成了民間最隆重的節日。

元宵節的傳說

元宵節有掛燈籠、放焰火的習俗。傳說這些習俗與東方朔以及一個叫「元宵」的宮女有關。

1 相傳西漢時期，有個叫東方朔的人。他足智多謀，風趣幽默。漢武帝很欣賞他，允許他自由進出皇宮。

2 有一年十二月，東方朔去御花園折梅花時，看見一個宮女哭得非常傷心。

3 原來，這個宮女名叫元宵，家住長安西北山上。自進宮以來，她就與家人斷了聯繫，她思念家人，所以傷心流淚。

4 東方朔很同情元宵，安慰勸解了她一番，並說自己有辦法讓她與家人見面。

5 東方朔出宮後就去了元宵家裏，並將自己的妙計告訴了這一家人。元宵家人聽後，激動得落下淚來。

6 安排好後，東方朔喬裝成算命先生，在城內擺攤占卜。無論誰來占卜，得到的簽語都是「正月十五夜焚身」。

7 眾人恐慌，追問消除災禍的方法。東方朔說：「正月十三，火神君會身穿紅衣，騎驢經過西山口，你們去求她吧。」

8 到了正月十三，大家果真見到「火神君」身穿紅衣，騎着白驢慢慢走來。其實，這火神君是元宵的妹妹扮的。

9 大家攔着她苦苦哀求。元宵的妹妹說：「我只是奉玉帝旨意火燒長安。你們把這紅帖交給皇帝，讓他想辦法避災吧。」

10 第二天，這副紅帖就被送進宮。漢武帝看見「十五天火，火焚帝闕（粵音缺）」幾個字，不由得嚇出了一身冷汗。

11 站在一旁的東方朔連忙獻計說：「我聽說火神君愛吃湯圓，不如讓大家多做點湯圓供奉她，讓她在玉帝面前求求情。」

12 「我們還可以命全城百姓放花燈、燃焰火，這樣，遠看就像全城燃起了大火，肯定能騙過玉帝。」東方朔補充道。

13 漢武帝聽了覺得有道理，連忙傳下旨意。宮內宮外頓時熱鬧起來，家家户户都做湯圓、紮花燈。

14 到了正月十五那天晚上，長安城裏處處張燈結綵。百姓向火神君供奉了湯圓後，便紛紛提着花燈湧向大街小巷。為了壯大聲勢，漢武帝和妃子、宮女們也換上便裝，提着宮燈，走上街頭，混在人羣裏觀賞燈火。

15 元宵的妹妹也領着父母來觀燈。突然，她看到遠處有一個寫着「元宵」字樣的大宮燈，便驚喜地大喊起來。

16 元宵聽到妹妹的聲音，連忙走了過來。元宵終於和父母、妹妹團聚了，一家人訴説衷腸，開心極了。

17 這一夜長安城安然無事。漢武帝大喜，下旨以後每年正月十五都要做湯圓敬奉火神君，並在全城掛彩燈、放焰火。

18 這樣，每年正月十五，元宵都能與家人團聚了。由於宮裏的湯圓是元宵做的，人們就把這一天叫作元宵節。

寒食節的由來

寒食節在清明節的前一兩天，關於這個節日的來歷，有這樣一個故事……

1 春秋時期，晉國國君晉獻公獨寵妃子驪姬。驪姬為了讓兒子奚齊繼承王位，整日在晉獻公面前惡意中傷太子申生。

2 時間一長，晉獻公便對申生失去了信任。驪姬又趁機設計誣陷申生謀反，最終逼死了申生。

3 申生死後，驪姬又想繼續陷害其他幾位王子。申生的弟弟重耳為了保住性命，帶着一幫擁護他的大臣逃出了晉國。

4 一路上，重耳不斷被人追殺，常常食不果腹。有一次，他們逃到一個荒無人煙的地方，重耳餓得暈了過去。

5 大臣介子推為了給重耳補充營養，他走到僻靜處，從自己的大腿上割下一塊肉，煮了一碗肉湯給重耳吃。

6 事後，重耳才得知肉湯的由來。他流着眼淚向介子推承諾，日後一定好好報答他的恩情。

7 重耳在外逃亡十九年，歷盡苦難。後來，他在秦國國君秦穆公的幫助下，重返晉國，當上了國君，史稱晉文公。

8 晉文公登上王位後，重重封賞了一直追隨他的大臣，卻唯獨忘了對他有特殊恩情的介子推。

9 介子推也不向晉文公邀功請賞，他背着母親到綿山隱居去了。

10 不久，有人在晉文公面前提起介子推的功勞，晉文公這才猛然憶起舊事，心中非常愧疚。

11 得知介子推母子在綿山隱居，晉文公便親自帶領羣臣前去尋找。可是，介子推避而不見，一行人找了很久都一無所獲。

12 這時，有個小人給晉文公出了個餿主意：「大王，不如我們放火燒山，到時介子推肯定會背着母親下山避火。」

13 晉文公尋人心切，命人點燃山的三面，只留出一面讓介子推母子下山。可大火燒了三天三夜，仍不見介子推母子的人影。

14 大火熄滅後，晉文公帶領眾人尋找，在一棵柳樹下發現介子推母子已被火燒死了。他自責不已，下令厚葬二人。

15 後來，為了紀念介子推，晉文公將放火燒山這一天定為寒食節。每年這天，全國都不許點火，只能吃冷的食物。

在中國北方，在臘月（農曆的十二月）初八這天有吃臘八粥的習俗，這是為什麼呢？

1 從前，一個村莊裏住着一對老夫婦。老爺爺每天天剛亮就到田裏幹活，老奶奶洗衣做飯，將家裏收拾得一塵不染。

2 可是，這對勤勞的老夫婦卻有一個十分懶惰的兒子。他每天吃飽就睡，什麼活兒也不會幹。

3 夫婦倆常常勸兒子：「孩子呀，爹娘可不能養你一輩子。你以後可怎麼辦啊？」可懶兒子把他們的話當作耳邊風。

4 夫婦倆沒有辦法，給兒子娶了一個媳婦，希望媳婦能好好管管他。

5 誰知道，這個媳婦也懶得出奇，不僅從來不做家務，還得家姑伺候她的飲食起居。

6 沒過多久，夫婦倆都氣得病倒了。臨終前，他們把兒子和媳婦叫到跟前，囑咐道：「你們一定要改掉懶惰的毛病啊！」

7 老夫婦死後，兒子和媳婦發現家裏的倉庫裏堆滿米糧瓜果、雞鴨魚肉。他們開心極了，把爹娘的話忘得一乾二淨。

8 他們每天不是在家裏睡大覺，就是大魚大肉，好吃好喝。沒過多久，他們就吃光了爹娘留下的所有糧食。

9 又過了一兩年，他們把家裏能賣的東西都賣光了，只剩下了一座空蕩蕩的破屋子。

10 臘月初八這天，寒風凜冽，大雪紛飛，兩口子縮在破房子裏，凍得直打哆嗦，肚子也餓得咕咕叫。

11 他們實在餓壞了，滿屋子找吃的，好不容易才從缸底、地縫、老鼠洞這些地方湊夠了一碗雜糧。

12 小夫妻將這些雜糧洗乾淨，熬了一小鍋粥。他們喝着熱乎乎的粥，想起了爹娘的話，後悔得直掉眼淚。

13 可雜糧粥還沒喝完，突然一陣大風吹來，年久失修的房子轟的一聲倒塌了。幸虧鄰居及時趕來，才把他們救了出來。

14 經過這件事後，兩口子終於醒悟了。從此以後，他們勤勤懇懇種莊稼、幹農活，生活終於一天天地變好了。

15 每年到了農曆臘月初八這天，他們都會煮一鍋雜糧粥，提醒自己要勤勞節儉。後來，這種做法流傳開來，成了傳統習俗。

十二生肖是哪十二種動物？牠們是怎麼確定下來的？又是怎麼排序的呢？

1 玉帝執掌天庭的時候，想在凡間通往天庭的路上安排一個守衛，於是他決定設置十二生肖，讓牠們以年為單位輪流值班。

2 不過，人間那麼多動物，到底選哪些動物，又該怎樣安排牠們的輪值順序呢？玉帝思來想去都沒想出好辦法。

3 玉帝的生日正月初九快到了，他突然有了靈感：生日這天，按動物們前來祝壽的先後順序來選出十二個就行了。

4 很快，玉帝的旨意就下傳到凡間。很多動物都接到了聖旨，牠們都很樂意去參加玉帝的生日宴會。

5 貓和老鼠這對好朋友也接到了聖旨，牠們決定一起去參加宴會。不過，貓的記性不太好，沒過幾天牠就忘了赴宴的日子。

6 貓只好跑去問老鼠：「朋友，玉帝生日是哪一天？你得再提醒我一次。」老鼠怕貓與牠爭位子，故意把日子説遲了一天。

7 正月初九那天，天還沒亮，老鼠就偷偷起來獨自赴宴去了，貓卻還在牀上呼呼大睡。

8 老鼠一路小跑，很快就離家很遠了。可是不久，牠被一條河流攔住了去路。這麼寬的河，該怎麼過去呢？

9 正當牠垂頭喪氣的時候，牛慢吞吞地走過來了。牛可是游泳高手，這條河根本攔不住它。

10 老鼠見到牛，一下子就有了主意。當牛準備過河時，老鼠突然躥出來，奮力一躍，跳到了牛的頭上。

11 牛一向善良憨厚，覺得帶着老鼠也不費什麼力氣，所以不僅帶着牠過了河，還帶着牠繼續趕路。

12 中午時分，牠們一起來到了玉帝的靈霄殿外。老鼠從牛的頭上跳下來，搶先一步來到了玉帝的面前。

13 老鼠和牛是第一批到達宴會的，於是玉帝宣布老鼠排在十二生肖的第一位，牛排在第二位。

14 接下來，老虎第三個到達，兔子第四個到達，龍第五個到達。然後，蛇、馬、羊、猴、雞、狗也一個個爭先恐後地趕到了，牠們分別排在第六到第十一位。」

15 十二生肖只剩最後一個名額了，到底會是誰呢？大家探頭一看，豬正跑着進來了。於是，牠被排了在第十二位。

16 十二生肖就這樣被確定下來了。牠們在玉帝的生日宴上興高采烈地慶祝了整整一個晚上。

17 第二天，貓也高興地來參加宴會。當到達靈霄殿時，才發現宴會早已經結束了，大家正準備返回人間。

18 貓只好垂頭喪氣地回去了。不過，從這以後，貓和老鼠再也做不成好朋友了，貓每次見了老鼠，都要撲上去咬牠。

傳說灶王爺住在家家戶戶的廚房裏，
人們為什麼要供他吃灶糖呢？

1 傳說，一個叫張單的青年與丁香結婚後，由於丁香勤勞賢慧，家業慢慢興旺起來，張單一家變成了遠近聞名的富户。

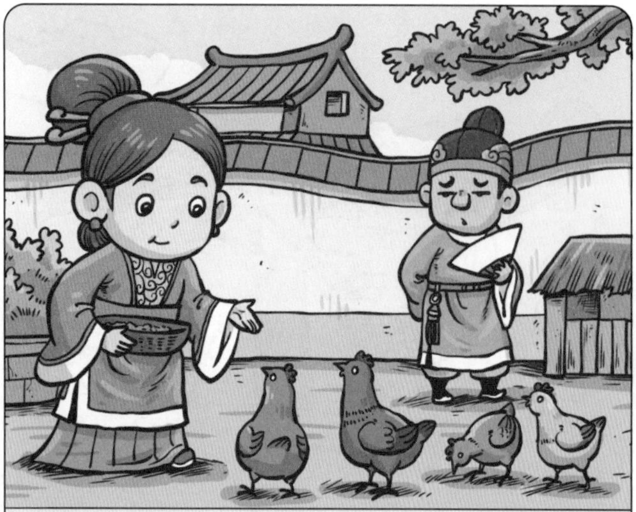

2 不過，張單發家以後，很快就忘記了結髮妻子的辛勞，越來越覺得丁香沒有年輕時漂亮了。

3 於是有一天，張單找個藉口把丁香休了，另娶了一個財主的女兒李海棠。

4 李海棠是個好吃懶做的人，她嫁過來後也不操持家務，和張單過着花天酒地的日子。結果沒幾年，他們就把家產敗光了。

5 李海棠見日子過不下去了，就頭也不回地回了娘家，再也不肯回來。

6 張單成了光棍，只好拿起打狗棍，端起破碗，逐家逐户，靠討飯吃過日子。

7 這年臘月二十三，天寒地凍，張單一步一晃地走到一家大户人家的門口，張口喊道：「行行好，給口飯吃吧！」

8 很快，大門打開了，一個僕人走了出來。善良的僕人見張單穿得單薄，趕緊讓他去厨房裏，暖和一下身子，吃點食物。

9 張單感激不盡，跟着僕人進了灶房。他端起麪，狼吞虎嚥地吃了起來。

10 這時，這家的女主人走了過來。張單正想感謝她，卻愣在那裏説不出話來。原來，女主人正是自己前妻丁香。

11 丁香走上前來，疑惑地問：「你怎麼落到這步田地了？」張單見到前妻，羞得無地自容，心想：我哪還有臉活着呀！

12 他看到廚房灶台的大鍋底下火燒得正旺，就一頭鑽到大鍋底下，馬上就被燒死了。

13 巡天的天神正好看見這一幕，就將此事稟報了玉帝。

14 玉帝見張單還有羞愧之心，下旨將他封為灶王，考察人間善惡，讓他在每年的臘月二十三上天稟報，臘月三十再回人間。

15 從此，人間就有了灶王爺。老百姓做了灶糖敬他，讓他吃了糖黏住嘴，別把人間糟糕的事兒告訴玉帝。

老鼠嫁女

老鼠想給女兒找一個天下最厲害的女婿，牠到底會是誰呢？

1 很久很久以前，有一對老鼠夫婦，牠們生了一個美麗可愛的女兒。

2 眼見女兒一天天長大，牠們想給她找一個好女婿，過無憂無慮的生活。可是，去哪裏找最厲害的女婿呢？

3 老鼠夫婦出門尋找合適的人選。他們剛出門，就看到光芒萬丈的太陽。老鼠爸爸說：「太陽肯定是世界上最強大的。」

4 老鼠夫婦請太陽做他們的女婿。太陽皺着眉頭說：「我沒有你們想的那樣強大，烏雲一來，我的光芒就全被擋住了。」

5 老鼠夫婦想了想，覺得太陽說得有道理，便決定把女兒嫁給烏雲。於是，牠們就去找烏雲提親。

6 烏雲苦笑着說：「我不算什麼，風才是強者。我雖然有遮擋陽光的力量，但是風一吹，我就消散得無影無蹤了。」

7 老鼠夫婦確實見過風把烏雲吹散，於是，牠們就去找克制烏雲的風。

8 沒想到，風搖搖頭說：「我也不是最強大的。雖然我可以吹散烏雲，但是只要有一堵牆就可以把我擋住。」

9 原來牆才是最厲害的。老鼠夫婦又找到牆，說：「牆先生，你是世界上最厲害的，我們想把女兒嫁給你，你願意嗎？」

10 牆聽了，露出恐懼的神色說：「你們一出現，我就被你們挖得千瘡百孔，你們老鼠才是最厲害的啊！」

11 老鼠夫婦面面相覷，真想不到，原來老鼠才是世界上最厲害的。於是，牠們決定馬上回家，把女兒嫁給隔壁的小老鼠。

哪吒鬧海

相傳，哪吒因隨父親李靖幫助周武王討伐商紂王，而被封神。他的身世非常離奇。

1 商朝時，陳塘關總兵李靖的夫人殷氏懷孕三年多，生下了個肉球。李靖覺得這肉球肯定是個妖怪，便舉起長劍向它劈去。

2 就在這時，肉球裂開了，從裏面蹦出個胖乎乎的男孩。這孩子十分可愛，李靖也不再忍心殺他了。

3 這時，一位叫太乙真人的仙人來向李靖賀喜，說這個剛降生的孩子非常不平凡，自己想收他為徒。李靖高興地答應了。

4 太乙真人給孩子起名為「哪吒」，並送他一個乾坤圈和一條混天綾作為見面禮。之後，太乙真人便騰雲駕霧而去。

5 一眨眼，哪吒七歲了。這年，陳塘關大旱，百姓為了求雨，籌資建了龍王廟，可東海龍王仍不滿意，滴雨未降。

6 這天，哪吒熱得受不了了，瞞着父母偷偷到陳塘關外的東海洗澡玩耍。他解下混天綾，用它蘸水擦身。

7 混天綾本是寶物，一入水就攪得海面波濤翻滾，海底深處的龍宮也劇烈晃動起來。東海龍王忙派夜叉到海面查看。

8 夜叉領命來到海面，見哪吒正用混天綾蘸水洗澡，便衝他吼道：「你是哪裏來的？竟然敢攪得我們龍宮不得安寧？」

9 哪吒剛想問怎麼回事，卻見夜叉一斧朝自己劈來。情急之下，哪吒把手上的乾坤圈扔向夜叉，正好砸中他的頭。

10 夜叉慘敗。東海龍王的三太子敖丙聞訊趕來，也不聽哪吒解釋，提起他的兵器「畫戟」便狠狠刺向哪吒。

11 哪吒用混天綾將三太子纏得動彈不得。三太子見不是哪吒的對手，氣焰囂張地自報家門，恐嚇哪吒立即放了他。

12 東海龍王怠忽職守，害百姓收成不保，哪吒一聽對方是龍王的兒子，頓時來了氣，騎在他肩上，掄起小拳頭就打。

13 三太子變身為為龍，想潛入水底淹死哪吒。哪吒看出他的心思，一腳踢在他的腦門上，沒想到太用力把三太子踢死了。

14 東海龍王得知兒子被哪吒殺了，勃然大怒，找上門來要李靖交出哪吒，否則就水淹陳塘關。

15 哪吒不願百姓因為自己受苦，便主動走出來，對東海龍王說：「你兒子是我殺的，所有罪責都由我一個人承擔！」

16 説完，哪吒搶過父親李靖的寶劍，自刎而死。東海龍王見哪吒已死，也就不再為難李靖，帶着蝦兵蟹將回去了。

17 李靖讓手下將哪吒的屍體抬回去。殷夫人悲痛欲絕，昏了過去。就在這時，太乙真人趕來説自己有辦法復活哪吒。

18 太乙真人從五蓮池摘了兩朵蓮花，三片荷葉，為哪吒重新捏了一個身體。

19 哪吒借着蓮花做的身體活了過來。太乙真人又送他火尖槍、風火輪。後來，他和父親一起幫助周武王伐紂。

園丁文化

孩子愛讀的漫畫中國經典

民間故事

作　　者：幼獅文化
繪　　圖：磁力波卡通、魔法獅工作室
責任編輯：王一帆
美術設計：張思婷
出　　版：園丁文化
香港英皇道 499 號北角工業大廈 18 樓
電話：(852) 2138 7998
傳真：(852) 2597 4003
電郵：info@dreamupbooks.com.hk
發　　行：香港聯合書刊物流有限公司
香港荃灣德士古道 220-248 號荃灣工業中心 16 樓
電話：(852) 2150 2100
傳真：(852) 2407 3062
電郵：info@suplogistics.com.hk
印　　刷：中華商務彩色印刷有限公司
香港新界大埔汀麗路 36 號
版　　次：二〇二三年四月初版
二〇二四年六月第二次印刷

ISBN: 978-988-76896-2-1

18/F, North Point Industrial Building, 499 King's Road, Hong Kong
Published in Hong Kong SAR, China
Printed in China